WOLFSSPUREN

DIE GRANITE LAKE WÖLFE
BUCH 4

VIVIAN AREND

Dies ist eine erfundene Geschichte. Namen, Charaktere, Orte und Ereignisse sind entweder das Produkt der Fantasie der Autorin oder werden fiktiv verwendet, und jede Ähnlichkeit mit lebenden oder toten Personen, Geschäftseinrichtungen, Ereignissen oder Örtlichkeiten ist rein zufällig.

Nutzungsvorbehalt KI-Training: Die automatisierte Analyse des Werkes, um daraus Informationen insbesondere über Muster, Trends und Korrelationen gemäß § 44b UrhG („Text und Data Mining") zu gewinnen, ist untersagt.

1

—————

*P*am stieß einen langen, langsamen Pfiff aus und starrte aus dem Fenster, um die Landschaft noch einmal zu bewundern. „Verdammt, Maggie, ich wusste, dass du was verheimlichst, aber im Ernst. Wie viele kann ich mit nach Hause nehmen?"

Ein sanftes Klopfen auf ihren Arm lenkte ihre Aufmerksamkeit vom Garten ab und der üppigen Ansammlung von Männerfleisch, die dort versammelt war. „Du sollst mir helfen und nicht über die Hochzeitsgäste sabbern." Maggie drehte sich um und deutete über ihre Schulter. „Kannst du bitte den letzten Knopf zumachen?"

„Wo hast du hier am Arsch der Welt so schnell dieses wunderschöne Kleid herbekommen? Ich meine, es ist zwei Monate her, seit du in den Norden gegangen bist. Nicht, dass ich gerechnet hätte oder so, aber siebenundsechzig Tage sind eine kurze Zeit, um sich zu verlieben, zu verloben und den Bund fürs Leben zu schließen." Pam schob die letzten winzigen Perlenknöpfe durch die Schlaufen. Es war zwei Monate her, seit sie ihre Freundin gesehen hatte, und dass sie sich verliebt hatte, schien nicht das Einzige zu sein,

I

was sich verändert hatte. Pam sah sich im Schlafzimmer um, in dem sie sich befanden, und der Verdacht wuchs, dass Maggie Geheimnisse vor ihr hatte. Etwas stimmte nicht, und im Laufe der Jahre hatte Pam gelernt, ihren Instinkten zu vertrauen.

„Es ist das Kleid meiner Schwester. Ich musste nur unten ein bisschen Spitze annähen, weil ich größer bin." Maggie drehte sich im Kreis, und die Spitzenschichten des Rocks flogen um sie herum. Ihr kurzes blondes Haar wehte wilder als sonst, eine dünne silberne Tiara schmiegte sich in den Schimmer. „Wie sehe ich aus?"

Pam verdrehte die Augen. „Wie immer: wie eine verdammte Elfenkönigin. Gott, warum fragst du überhaupt? Du würdest auch in einem Kartoffelsack großartig aussehen."

Maggie lachte.

Es war jetzt oder nie. „Ich muss es wissen, Mags. Willst du das wirklich tun? Oder heiratest du so schnell, weil du das Gefühl hast, du müsstest ..."

Ihre beste Freundin runzelte die Stirn. „Glaubst du, ich werde dazu gezwungen? Im Ernst, ich bin verliebt und will Erik heiraten."

„Du bist nicht schwanger und denkst, dass das der einzige Weg ist, damit umzugehen, denn wenn ja, hätte ich kein Problem damit, dir dabei zu helfen, dich zu unterstützen ..."

„Pam!" Maggie fing Pam zwischen ihren Armen ein und drückte sie fest an sich. „Oh, Süße, ich fühle mich geehrt, dass du bereit bist, mir zu helfen, aber ich bin nicht schwanger. Ich bin wirklich und wahrhaftig verliebt. Ich weiß, es scheint schnell zu sein, aber bei manchen ... Leuten weiß man einfach, dass es richtig ist."

Das war möglich. Vielleicht. Pam hatte es nur selten

gesehen. Sie wandte sich ab, um zu verhindern, dass Maggie ihr Gesicht sah. Nur, weil sie noch nie ein echtes ‚Ich liebe dich für immer‘ gesehen hatte, hieß das nicht, dass es nicht passieren konnte, und jemandes Hochzeitstag war kaum der richtige Zeitpunkt, darauf hinzuweisen.

Sie seufzte und versuchte erneut, sich mit den appetitlichen Männern im Garten abzulenken. „Also. Wenn du mit Erik in die Flitterwochen fliegst, darf ich dann die Einheimischen kosten?“

Maggies Lachen kitzelte ihre Ohren, und dann war alles wieder gut. „Du bist unverbesserlich. Sei vorsichtig mit ihnen, Herzensbrecherin. Hey, ich brauche ein paar Minuten allein. Warum gehst du nicht auf Entdeckungsreise? Komm in etwa zwanzig Minuten zurück, dann bin ich startklar.“

Pam küsste sie auf die Wange. „Wenn du sicher bist, bist du sicher.“

„Gott, geh nur. Ich bin jetzt ein großes Mädchen.“ Sie lächelten einander mit der Vertrautheit einer langen Freundschaft an, bevor Pam die Tür hinter sich schloss. Sie warf einen Blick in die geschäftige Küche, bevor sie in den Garten ging.

„Hey, kann ich dir was zu trinken bringen?“

„Hast du Hunger?“

Plötzlich war sie von großen Männern in Anzügen umgeben, und ihr lief das Wasser im Mund zusammen. Eine weitere Stimme erhob sich über die anderen, und eine Berührung landete auf ihrer Schulter.

„Hier. Für dich.“ Ein Gerard-Butler-Doppelgänger bot ihr ein Glas Weißwein an. Sie schüttelte den Kopf. Dachten sie, sie sei gerade vom Rübenlaster gefallen? Sie nahm keine Getränke von fremden Männern an, auch nicht von welchen, die zum Sabbern einluden.

„Du bist Maggies Freundin, oder?"

„Hast du Lust, ein paar Minuten spazieren zu gehen? Ich kann dir den Garten zeigen."

Einer von ihnen bot ihr seinen Ellbogen an, und sie blinzelte, als sie das Angebot annahm. Warum nicht? Sie hatte Zeit, bevor sie wieder bei Maggie sein sollte. Ein paar Kinder rannten vorbei, und Pam lächelte, als sie das fröhliche Chaos beobachtete, das im festlich geschmückten Garten herrschte. „Ganz schöner Auflauf für die Hochzeit. Wohnt ihr Jungs alle hier in der Nähe?"

Es war schon eine Weile her, dass sie so leckere Gesellschaft genossen hatte, von so vielen gutaussehenden Männern ganz zu schweigen. Obwohl die Aufmerksamkeit ablenkend war, war sie während ihres Aufenthalts im Norden nicht auf der Suche nach einer Beziehung. Nein. Sie würde die „ich bin hier, um meine Freundin zu unterstützen"-Sache mit Maggie machen, ein bisschen die Touristin spielen und sich die Gegend ansehen, und dann würde sie in die Zivilisation zurückkehren. Und schöne Männer wie diese – nun ja, ein One-Night-Stand würde Spaß machen, aber die Brautjungfer, die bei der Hochzeit einen Mann abschleppt, war ein Klischee, das sie in ihrem Leben unbedingt vermeiden wollte.

Maggies Verlobter kam herüber und überragte die anderen Männer.

Pam kicherte. Obwohl er sich als einer der Guten herausgestellt hatte, würde sie ihm immer noch in den Hintern treten, wenn er es brauchte, egal, wie groß er war. Niemand legte sich mit ihren Freundinnen an, und Maggie war ihre älteste Freundin. BFF und so weiter.

„Geht's dir gut? Die Jungs behandeln dich angemessen?" Erik sah sich mit strenger Miene um, und die charmante Meute verstreute sich, als wären sie aus einer Kanone geschossen worden.

Pam starrte ihnen mit wachsendem Misstrauen hinterher. Auf keinen Fall. Wenn er sie dazu angestiftet hatte …

„Ich denke, das ist die Frage, nicht wahr?" Sie kniff die Augen zusammen. „Ich werde behandelt wie eine Prinzessin. Habe ich das dir zu verdanken?"

Erik hielt seine Hände hoch, die Handflächen nach vorn. „Vertrau mir. Ich habe keine Lust, mir von dir die Haut abziehen zu lassen. Wenn sie rumhängen, dann deshalb, weil sie interessiert sind. Brich nur nicht zu viele Herzen, okay? Mir würde es gar nicht gefallen, mir noch Monate nach deiner Abreise kitschige Liebeslieder beim Karaoke-Abend anhören zu müssen."

Pam lachte. „Okay, schon gut. Ich glaube dir." Sie schüttelte den Kopf, während sie ihn von oben bis unten betrachtete. „Was zum Teufel esst ihr hier oben? Gibt's hier sowas wie einen Wachstumsbrunnen oder so? Ich habe mindestens zwei Dutzend Männer mit einer Körpergröße von über eins neunzig gezählt."

Er schmunzelte. „Es liegt am Wasser. Ist wirklich gut. Hey, Maggie sagt, sie braucht dich ein letztes Mal, aber ich wollte dir vorher schnell meinen Trauzeugen vorstellen." Er sah sich um. „Nur scheint er verschwunden zu sein."

Pam winkte ab. „Ich werde ihm begegnen, wenn wir unsere kleine Prozession durch den Garten machen. Maggie hat mir den Ablauf erklärt, und ich habe kein Problem mit der Zeremonie. Ich sollte besser losmachen und sehen, was sie braucht. Nur für den Fall, dass sie kalte Füße bekommt und will, dass ich die ganze Sache in ihrem Namen abblase."

Sie verbarg ihre Belustigung, als sein Lächeln

verschwand. „Du glaubst doch nicht, dass sie das tun würde? Aber ...“

Es hatte Jahre gedauert, den gespielten besorgten Gesichtsausdruck zu perfektionieren, den sie aufsetzte, als sie mitfühlend den Kopf schüttelte. „Ich bin mir sicher, dass alles gut ist, aber ich sollte sie besser beruhigen. Du bleibst hier und versuchst, dir keine Sorgen zu machen.“ Sie tätschelte seinen Arm und ging kichernd zurück nach oben.

Maggie erwartete sie oben auf dem Treppenabsatz. Pam versuchte, ihr Grinsen zu unterdrücken, aber sie waren schon zu lange beste Freundinnen.

„Wen hast du jetzt wieder gefoltert? Pam, du hast versprochen, die Leute nicht mit deinem kranken Sinn für Humor in Panik zu versetzen.“

Jemand trat an Maggies Seite. Pam drehte sich zu dem jungen Mann um und blieb wie angewurzelt stehen.

Du meine Güte!

Sie errötete, als sie den Ausdruck in seinen Augen sah. Das letzte Mal, als ein Mann sie so angestarrt hatte, waren sie beide nackt gewesen, mitten in einem heißen sexuellen Nahkampf. Er zog sie mit Blicken aus, und anstatt empört zu sein, wuchs ihr eigenes Interesse. Natürlich war er zu jung für sie, aber trotzdem ...

Heilige Scheiße, er war heiß. Getönte Haut, schwarzes Haar. Die Augen waren so schwarz, dass Pupillen und Iris miteinander verschmolzen. Das musste es sein – seine Pupillen – es sah nur so aus, als wäre er einen Schritt davon entfernt, sich auf sie zu stürzen.

„Pam, darf ich dir TJ vorstellen. Er ist ein guter Freund und arbeitet mit Kyle als Wildnisführer. Er ist sein Trauzeuge.“

TJ streckte seine Hand aus und trat näher, und sie zwang sich, nicht zurückzuweichen.

Sie ergriff seine Finger und wollte ihm einen festen, sachlichen Händedruck geben, als er ihre Handfläche nach unten drehte und ihre Hand an seinen Mund hob. „Freut mich, dich kennenzulernen. Wirklich."

Er beugte sich vor und küsste ihre Fingerknöchel.

Ein eisiger Schauer lief ihr über den Rücken und, gute Güte, sie wurde augenblicklich feucht. *Verdammt!* Hatte er gerade ihre Haut geleckt?

Sie wusste, dass sie ihn anstarrte, aber es schien unmöglich zu sein, ihren Blick von seinem abzuwenden. Selbst nachdem er sich aufgerichtet hatte, weigerte er sich, ihre Finger loszulassen, und sie stand da wie eine dämliche Gartenzwergstatue, ihre Hand mit schlaffem Handgelenk in seiner, in der Hoffnung, dass sie durch irgendeinen seltsamen Umstand auf magische Weise allein in ein Schlafzimmer gebeamt würden, ihre Kniekehlen an einer Matratze.

Lust stahl ihr die Sprache.

„TJ?" Maggie stieß ihn mit dem Ellbogen an, und er blinzelte, als würde er aufwachen.

Er holte tief Luft, und seine Augen wurden noch weiter.

Pam wandte den Blick ab, egal wohin, nur nicht in diese verdammten Schlafzimmeraugen. Bis sie bemerkte, dass sie ihren Blick gesenkt hatte und die Vorderseite seines Anzughosenzeltes anstarrte, wo seine Erektion immer deutlicher wurde.

„Pam?"

Sie riss den Blick davon los und sah, wie Maggie sie besorgt ansah. „Ich denke, wir müssen runter. Jetzt sofort."

Maggie zog sie am Arm zum oberen Ende der Treppe und weg von dem faszinierenden jungen Mann im Smoking.

Mit einem Gefühl tiefen Bedauerns wandte Pam dem dunklen Gott, der sie mit hungrigen Augen beobachtete, den Rücken zu.

~

Scheiße!

Scheiße!

TJ schluckte schwer und bereute es sofort. Seine Zunge hatte den Geschmack der Frau aufgenommen, die Maggie weggeschleppt hatte, und jetzt rasten die Chemikalien erneut durch seinen Körper und quälten ihn.

Scheiße!

Wie war das möglich? Maggie hatte ihn beiseitegenommen, um ihn zum wiederholten Male zu warnen, dass er ihrer Freundin nichts darüber sagen durfte, dass sie Wölfe waren, weil Pam hundert Prozent Mensch war. Er durfte den Werwolf sozusagen nicht aus dem Sack lassen.

Er war ein wenig empört, dass Maggie ihn wie ein Kind behandelte und fast erwartete, dass er es vermasseln würde. Nur, weil er schon einmal versehentlich gewandelt hatte. Oder zweimal.

Aber beide Fälle lagen Jahre zurück. Er war zweiundzwanzig, und während er immer noch seine Wolfsgestalt für Bewegungen mit hoher Geschicklichkeit bevorzugte, wurde sein Mensch immer besser. Außerdem hatte Kyle schon mit seiner mächtigen Alpha-Stimme allen Rudelmitgliedern befohlen, für die Dauer der Hochzeitsfeierlichkeiten nicht im Pelz zu erscheinen. Niemand würde sich seinem direkten Befehl widersetzen.

Trotzdem ... *Scheiße!*

Es war gut, dass Maggie ihn gewarnt hatte, denn als er

diese schöne Frau gesehen hatte, war sein erster Impuls gewesen, zu wandeln und seine Nase in ihrem dunkelbraunen Haar zu vergraben. Er wollte sie am ganzen Körper beschnuppern und dann wieder in seine menschliche Gestalt zurückkehren, um sie zu lecken, beginnend bei ihren Zehen, und sich herrlich ablenken lassen, lange bevor er auch nur in die Nähe ihrer Kehle kam.

Sein Schwanz schmerzte, und seine Sicht war verschwommen. Verdammt, wenn seine Ohren nicht auch noch summten!

Plötzlich begann die Welt zu beben, und er fragte sich, wie sehr er die Fassung verloren hatte, bevor ihm klar wurde, dass Erik ihn an den Armen gepackt und ihm besorgt ins Gesicht gestarrt hatte.

„TJ? Was zum Teufel ist los? Maggie hat mich über unsere mentale Verbindung gerufen und mir gesagt, dass ich herkommen und mich um dich kümmern soll. Wolltest du wandeln?"

Das beruhigte TJ schnell.

„Nein!" Mist, nicht noch ein Zweifler an seiner Fähigkeit, sich zusammenzureißen. Obwohl etwas wirklich ernsthaft falsch war. Er seufzte. „Es ist nur ..."

Er schloss die Augen und schnupperte tief. Eriks Duft war der stärkste, gefolgt von Maggies, aber um sie beide hing ein verlockender und berauschender Duft, der seine Libido kitzelte und sie auf Hochtouren brachte. „Erik, sind wir sicher, dass Pam keinen Wolf in ihrer Blutlinie hat?"

Erik lehnte sich zurück und verschränkte die Arme. „Ganz sicher. Maggie hat jahrelang mit ihr zusammengelebt. Beide Omegas haben sie kennengelernt, und sie ist ein Mensch. Hundert Prozent." Er kniff die Augen zusammen. „Was sagst du mir nicht?"

TJ schniefte. „Weißt du, wie du immer gesagt hast, ich hätte einen ausgeprägten Geruchssinn?"

„Den besten im Rudel."

Er schnaubte und schüttelte den Kopf. „Dann wird es dich freuen zu erfahren, dass mein toller Riechkolben mir gerade gesagt hat, dass Maggies beste Freundin, die hundert Prozent Mensch und nicht einmal ansatzweise angemessen ist, meine verdammte Gefährtin ist."

2

Er hatte eine neue Art von Hölle gefunden. TJ ging langsam am äußeren Rand des Gartens entlang, seine verdammte Gefährtin an seinem Arm, und alles, worüber er reden konnte, war ... nichts.

Er konnte ihr nicht sagen, dass er bei dem Gedanken, sie gefunden zu haben, weiche Knie bekam. Konnte ihr nicht sagen, wie wichtig sie für ihn war. Er konzentrierte sich darauf, mit den Füßen am Boden zu bleiben, denn er würde auf keinen Fall stolpern und sich vor ihr zum Affen machen.

Erik hatte ihn schwören lassen, dass er nichts überstürzen und es ihr sagen würde. Bis TJ mit seinem Bruder, dem Alpha, gesprochen hatte, war es verboten, seiner Gefährtin etwas zu sagen, und der Clou war, dass Erik tatsächlich seine Autorität als Beta hatte spielen lassen und TJ befohlen hatte, die Klappe zu halten. Die verdammte Hierarchie des Rudels zwang ihn zu schweigen.

TJ war hin- und hergerissen zwischen dem dringenden Bedürfnis, Pam an einen privaten Ort zu schleppen, um sie für den Rest ihrer Tage aneinander zu binden, und dem überwältigenden Bedürfnis, einem direkten Befehl zu gehorchen. Ja, er war am Arsch.

Er spähte zur Seite, um sie wieder einmal zu bewundern. Aus der schicken Frisur, die ihr Gesicht perfekt rahmte, waren ein paar dunkle Strähnen gerutscht. Sie lächelte, aber die Anspannung in ihrem Körper schrie, und er wollte ihr die Last von den Schultern nehmen.

„Bist du okay?"

Sie begegnete seinem Blick, und wurde rot. „Wie oft machen wir das?"

„Du meinst um den Garten gehen? Dreimal. Du solltest ein bisschen langsamer machen, damit wir Erik und Maggie nicht auf die Fersen treten." Er zog seinen Ellbogen an sich, sodass ihre Fingerrücken seine Rippen berührten. Zwar waren ein paar Schichten Kleidung zwischen ihnen, aber das war besser als nichts.

Es machte ihn verrückt. Er roch ihre Haut, den natürlichen Duft ihres Körpers.

Ihre Erregung.

Sein Herz pochte, und er bemühte sich, einen neutralen Gesichtsausdruck zu bewahren und nicht wie ein Hund zu hecheln. Dass nicht alle um ihn herum bemerkten, dass beide Paarungsgerüche absonderten wie Fabrikschlote, war für ihn unverständlich.

Ein weiterer tiefer Atemzug ließ ihm das Wasser im Mund zusammenlaufen, und sein Schwanz zuckte. Es war nicht zu leugnen. Es war so gut wie unmöglich, aber es war passiert. Seine Gefährtin war ein Mensch.

Es machte ihm nichts aus. Es war seltsam und verrückt, aber da sie Gefährten waren, gab es einen Grund dafür, und sie würden es herausfinden. Zunächst schien es jedoch, als müsste er nicht nur sie davon überzeugen, dass sie zusammengehörten, sondern auch die gesamte Führung seines Rudels.

Angefangen bei seinem großen Bruder Kyle und dessen Gefährtin Robyn. Die Alphas des Granite-Lake-Rudels saßen in der ersten Reihe, ihr kleines Mädchen saß ruhig auf Kyles Schoß.

Robyn sah TJ stirnrunzelnd an und fragte in Gebärdensprache unauffällig, was los sei. Er schüttelte schnell den Kopf. Das würde keine einfache Erklärung sein.

Pam rieb unbewusst mit ihren Fingern an seinem Arm auf und ab. Die sanfte Bewegung verspottete ihn. Trieb ihn in den Wahnsinn.

Er legte seine freie Hand auf ihre. „Nicht."

Als Reaktion darauf verspannte sie sich noch mehr und versuchte, sich zurückzuziehen.

Schmerz schoss durch ihn hindurch, weil seine Gefährtin unsicher und ein wenig verängstigt war, und plötzlich war es ihm vollkommen egal, was sein Beta ihm gesagt hatte. Seine Zunge lockerte sich, die Beschränkung, die ihn gefesselt hatte, verschwand. Er würde sich um sie kümmern und sie wissen lassen, dass alles gut werden würde. Wenn er irgendwann während des Gesprächs erwähnte, dass er sie wollte ... dann sei's drum.

Er neigte den Kopf zu ihr hinüber und inhalierte so viel von ihrem Duft wie möglich. „Schon gut. Du hast mich nur gekitzelt. Ich mag es, wenn du mich berührst, aber das Kitzeln hat mich abgelenkt."

Sie schwieg einen Moment und korrigierte dann ihren Griff. „Tut mir leid. Das wollte ich nicht."

TJ lachte leise. „Du lenkst mich ab, egal, was du tust." Er lächelte sie an und zwinkerte. „Das gefällt mir irgendwie."

Sie runzelte die Stirn. „Was meinst du?"

„Von dir abgelenkt zu werden.“

Sie schüttelte den Kopf, als sie am anderen Ende des Gartens abbogen und für die zweite Runde zur Ausgangsposition zurückkehrten. „Wie alt bist du?“

Er hielt inne. „Warum?“

Auch wenn der Moment, als sie ihre Lippen benetzte, eine gehörige Dosis Lust durch sein Innerstes jagte, war der Ausdruck in ihren Augen freundlich und nicht kokett. „Ich habe es mir zum Grundsatz gemacht, mich nicht mit Kindern einzulassen.“

Verdammt! „Ich bin in allen Bundesstaaten und Provinzen volljährig.“

„Du bist ein Baby. Süß, aber ein Baby.“

„Wolltest du deshalb mit mir ins Bett springen, als wir uns oben auf der Treppe begegnet sind?“ Sie stolperte, und er fing sie schnell auf. „Scheiße. Tut mir leid, das war nicht sehr höflich. Wahr, aber nicht sehr höflich.“

„Ich wollte nicht –„

„Vorsichtig. Maggie hat mir gesagt, dass du die ehrlichste und vertrauenswürdigste Person bist, die ihr je begegnet ist. Ich würde nur ungern deinen Ruf ruinieren.“

Sie knurrte, und er grinste. Feuriges Mädchen. Das gefiel ihm an einer Frau.

„Also gut. Du bist ein gutaussehender Typ, und, ja, ich habe mir durchaus vorgestellt, mit dir Matratzentango zu tanzen.“ *Halleluja!* „Aber du bist zu jung für mich. Ich bin wegen der Hochzeit hier und mehr nicht.“

TJ versuchte krampfhaft, sich nicht vom Kopfkino, in dem sie beide nackt im Bett lagen, ablenken zu lassen, während sie schweigend noch ein paar Schritte weitergingen. Leider war seine Vorstellungskraft ziemlich rege.

Dass sie ihn für zu jung hielt, damit konnte er umgehen.

Die Tatsache, dass sie stur war? Oh, er liebte Herausforderungen.

„Hör auf", flüsterte sie. Ihre Stimme war gedämpft und heiser und glitt wie eine Liebkosung über seine ohnehin schon überempfindlichen Nerven.

„Womit?"

Sie bewegte ihre Hand an seinem Arm. „Das. Du ... streichelst mich."

Oops. Er hörte auf, mit dem Daumen Kreise auf ihrem Handrücken zu zeichnen. Anscheinend konnte keiner von ihnen widerstehen, den anderen zu berühren, was nur bei Gefährten einen Sinn ergab.

Eine sanfte Röte überzog ihre weiche Haut vom tiefen Ausschnitt ihres Kleides bis zum Haaransatz, und er musste den Blick abwenden, bevor er etwas zu Wölfisches tat, wie zum Beispiel sie zu Boden zu reißen und sie zu lecken, bis sie vor Lust schrie.

„Was passiert nach der Zeremonie?", fragte Pam. „Ich habe vergessen, bei Maggie nachzufragen, ob ich irgendwas zu tun habe."

Ich werde dich nach Hause bringen und dich die ganze Nacht lieben. „Wir gehen rein, genießen das Abendessen, dann singe ich, bevor die Tanzerei anfängt."

„Du singst?" In ihrer Stimme lag eine Spur von etwas. Zweifel?

„Ja, ich singe. Überrascht dich das?"

„Überhaupt nicht", log sie.

TJ schnaubte. Es war eine Täuschung, die er leicht erkannte. Nachdem er zu viele Jahre erwartet hatte, dass er etwas vermasseln würde, wusste er genau, was jemand meinte, wenn er oder sie in diesem bestimmten Tonfall sprach.

„Willst du ein paar Lieder mit mir singen?", neckte er.

Sie schnaubte. „Glaub mir, das wäre gar keine gute Idee. Als Hochzeitsgeschenk überlege ich sogar, Maggie zu schwören, nie wieder zu versuchen, in ihrer Gegenwart zu singen."

„So schlimm, was?"

„Sagen wir's mal so: Ich kann Töne singen, die noch niemand erfunden hat."

Er schmunzelte, und sie lachte mit ihm, und plötzlich bröckelte die Wand ein wenig, die sie zwischen sie gekeilt hatte.

Sie gingen langsam weiter und folgten Maggie und Erik auf dem letzten Kreis um den Garten.

„Wenn du nicht singst, würdest du dann mit mir tanzen?" Sicher konnte er seine Füße lange genug unter sich behalten, um zu tanzen, ohne sich oder sie beide lächerlich zu machen.

Die Finger, die sie um seinen Arm gelegt hatte, drückten etwas fester. „Ich werde darüber nachdenken. Sieht so aus, als gäbe es eine Menge Single-Typen, aus denen man hier wählen kann."

Nicht knurren! Bloß nicht knurren!

Es kostete ihn all seine Kraft, dem plötzlichen Drang zu widerstehen, sie vor dem ganzen verdammten Rudel für sich zu beanspruchen. Nur über seine Leiche würde sie mit jemand anderem als ihm tanzen. „Ich bekomme allerdings den ersten Tanz, weißt du, Trauzeuge und Trauzeugin und so."

„Das könnte ... nett sein."

Nett? Im Ernst?

Er ignorierte die fragenden Blicke, die sein großer Bruder ihm zuwarf.

Gut, vielleicht wusste Pam nichts über Werwölfe, und vielleicht hatte er verdammt große Schwierigkeiten, herauszufinden, wie er mit dieser Situation klarkommen sollte, aber eines wusste er ohne Zweifel: Sie würde ihm gehören. Mit Körper und Seele.

TJ trat um sie herum und positionierte sie neben Maggies rechter Hand. Pam zitterte, als er sich näher zu ihr beugte und seine Lippen über die Haut neben ihrem Ohr strich.

Als er sprach, war es kaum mehr als ein Flüstern. „Ich garantiere, dass es viel unvergesslicher als *nett* sein wird.“

PAM STAND an der Seite und drückte ihre Finger so fest um das Blumenarrangement, das Maggie ihr gegeben hatte, dass sie hörte, wie einige der Blumenstiele knickten.

Ihr gegenüber hielt TJ ihren Blick fest, und, verdammt, der Mann konnte eine Heilige ablenken. Sie hörte kaum, wie Erik und Maggie ihre Gelübde austauschten, sie war zu sehr damit beschäftigt, sein adrettes gutes Aussehen zu bewundern. Sich in seinen faszinierenden dunklen Augen zu verlieren. Sie wollte die Zeremonie unterbrechen und ihn auffordern, woanders hinzustarren, aber gleichzeitig fühlte sie sich geschmeichelt.

Vielleicht wäre eine kurze Affäre doch keine so schlechte Idee.

Die ganze Zeremonie verging wie im Flug, während sie einander in die Augen starrten. In ihrem Inneren brannte eine Flamme, das Verlangen breitete sich aus und ließ ihr Herz schneller schlagen. Es musste etwas in der Luft hier im Norden sein, das sie dazu brachte, wie eine sexbesessene Närrin zu reagieren.

Ein dezentes Husten brachte sie wieder zur Besinnung,

und sie eilte zu Maggie und Erik, die schon den Gang zwischen den Stühlen entlang in Richtung Festsaal gingen.

TJs warme Hand glitt um ihre Taille, und eine Gänsehaut lief über ihren Rücken. Er ignorierte ihren unruhigen Versuch, ihn loszuwerden, drückte sie stattdessen fest an seine Seite und senkte den Kopf, bis seine Lippen einen Zentimeter über ihrem Ohr schwebten. Sie wartete darauf, dass er etwas Sündiges flüsterte, etwas, das zu der Hitze der Leidenschaft passte, mit der er sie in den vergangenen Minuten angesehen hatte.

Die Vorfreude machte sie wahnsinnig, und sie hätte schwören können, dass ihr Höschen feucht war, wenn sie nur daran dachte, dass er etwas Sinnliches sagen würde.

„Hühnchen?"

Nicht sexy. „Was?"

„Oder Fisch? Was möchtest du zum Essen?"

Sie lachte laut und entspannte sich. „Du bist ein Idiot."

TJ seufzte. „Das habe ich schon öfter gehört."

In der nächsten Stunde verzauberte er sie, indem er ihr jedes Bedürfnis von den Augen ablas. Sie saßen neben dem Brautpaar, und während des Essens berührte er sie ständig.

„Behandelt ihr alle Besucher so?", fragte sie. Das Blut strömte so laut durch ihren Körper, als hätte sie gerade einen Marathon hinter sich.

TJ füllte ihr Weinglas nach und schüttelte den Kopf.

„Ich kann ehrlich sagen, dass du die erste Frau bist, die ich jemals so behandelt habe." Er legte seinen Arm auf die Rückenlehne ihres Stuhls, und ihre Brustwarzen zogen sich zusammen.

Würde es irgendjemandem auffallen, wenn sie auf seinen Schoß kroch und ihn ein bisschen knutschte?

Jemand am Ende des Saals schlug sein Besteck gegen sein Weinglas, und der ganze Raum stimmte mit ein.

Maggie und Erik standen auf, und als er sie über seinen Arm beugte und sie leidenschaftlich küsste, jubelte die Menge vor Begeisterung. Die ganze Veranstaltung war genau die Art von Feier, die Pam sich für ihre beste Freundin erhofft hatte.

TJ drückte ihre Schulter, als er aufstand und zur Bühne ging. Irgendwoher nahm er eine Akustikgitarre und ließ sich auf einen Hocker fallen.

Murmeln erhob sich in der Menge, und TJ grinste verlegen.

„Ja, es ist eine neue Gitarre, aber diesmal ist es nicht meine Schuld. Ein gewisser kleiner Junge, auf den ich aufgepasst habe, dachte, die alte würde ein tolles Boot abgeben."

Leises Lachen hallte durch die Luft, als TJ die Saiten stimmte und sich seine Finger sanft darüber bewegten. Er wandte sich Erik und Maggie zu. „Ich weiß, dass ihr nach eurem Lieblingssong gefragt habt, aber wenn ihr erlaubt, habe ich ein Lied, das ich vor einiger Zeit geschrieben habe. Ich habe es für einen besonderen Moment aufgehoben und denke, dass dieser Moment so besonders ist, wie er nur sein kann. Es heißt ‚*Eternal Love*'."

Er spielte ein paar Akkorde, bevor er in eine einfache Melodie überging und mit den Fingern einzelne Noten zupfte, um seinen satten Tenor zu begleiten. Ihre Blicke trafen sich, und er sang nur für sie.

Pams Kehle schnürte sich zu. Sie rutschte unbehaglich auf ihrem Stuhl hin und her, während sie dem Text lauschte. Es war alles so weltfremd und unmöglich, und doch wünschte sich etwas tief in ihrem Inneren, dass eine Liebe, wie er sie besang, real sein könnte.

Eine Liebe, die ewig währte? Jeden Morgen frisch? *Bullshit!*

Ziemlich traurige Gedanken während einer Hochzeit.

Sie wandte ihren Blick von TJ ab und hin zu Maggie und Erik, die einander verliebt in die Augen sahen. Auch wenn sie selbst nicht mit der großen Liebe rechnete, sie wünschte ihnen alles Gute. Maggie hatte es verdient, glücklich zu sein, und hoffentlich war Erik der Mann, der es möglich machen würde.

Nun, er sollte es verdammt noch mal besser tun, sonst würde sie ihm den Arsch aufreißen, wenn er ihrer besten Freundin wehtat.

Pam seufzte und lehnte sich in ihrem Stuhl zurück. Sie schloss die Augen und ließ die Musik um sich herum wehen. TJs sanfte Stimme berührte sie an Stellen, an die sie nicht denken wollte. Stellen, zu denen sie die Tür verschlossen hatte und an denen sie auch in der Vergangenheit nie lange verweilt war.

Nein, darüber hinwegkommen und weitermachen – das war ihr Motto. Im Leben ging es darum, das Beste aus sich herauszuholen und jede Erfahrung so gut wie möglich zu genießen. Einen Tag nach dem anderen.

Sie setzte sich aufrechter hin und sah den Sänger entschlossen an, der bei jeder neuen Note, die er sang, ihren Bauch zum Zittern brachte. TJs Finger streichelten die Saiten, und sie stellte sich vor, wie er sie mit derselben Intensität, derselben Liebe zum Detail berührte, während der Puls zwischen ihren Beinen wieder auf Hochtouren lief.

Heiliges Kanonenrohr, es machte sie geil, dem Typen dabei zuzusehen, wie er Gitarre spielte.

Was zum Teufel hatte sie getrunken? Irgendwas war da los, so wie ihr Blick immer wieder zu TJ zurückgezogen wurde; so wie seine Stimme in ihren Ohren kitzelte und ihre Haut brennen ließ. Ihr Drang wuchs, ein bisschen

Matratzentango zu tanzen, während sie hier war. Maggie hätte nichts dagegen.

Außerdem war es nicht so, als würde sie morgen abreisen. Ihre Abenteuerreise würde erst in ein paar Tagen beginnen. Ein paar aufregende Nächte könnten genau das sein, was sie brauchte, um diesen Urlaub zu einem unvergesslichen Erlebnis zu machen.

Er sang die letzten Töne und ließ die Melodie ausklingen.

Der Rest der Gäste klatschte und pfiff anerkennend. TJ brach schließlich den Blickkontakt mit ihr ab und lächelte der Menge zu, bevor er ein paar anderen zuwinkte, sich ihm anzuschließen. Sie griffen zu Instrumenten, und die Gruppe stimmte eine lebhafte Melodie an. Stühle und Tische wurden beiseitegeschoben, und im Saal herrschte geschäftiges Treiben, als alle mit anfassten, um Platz zum Tanzen zu schaffen.

Pam verschob ein paar Stühle, bevor ihr klar wurde, dass sie eher ein Hindernis als eine Hilfe war. Sie schlich sich zur Seite und beobachtete fasziniert, wie sich der Raum vor ihren Augen veränderte.

Oben auf der Bühne spielten TJ und ein anderer Gitarrist etwas mit einem Hardrock-Beat, und der Rhythmus pulsierte im Takt ihres Herzens. Sein dunkles Haar glänzte im Licht, als er es schaukelte, und sie fragte sich, ob es sich weich oder rau anfühlen würde, wenn sie die Finger hindurchstreichen würde.

„Hat es dir gefallen?", fragte Maggie.

Pam zuckte zusammen und blies dann den Atem aus, den sie angehalten hatte. „Hey. Tolle Zeremonie und das Essen war köstlich."

Ihre Freundin nickte. „Es war gut, aber ich habe das

Lied gemeint. Ich hätte nicht erwartet, dass TJ einen Song singt, den er selbst geschrieben hat. Er war wunderschön."

„Er hat eine tolle Stimme", gab Pam zu. Maggie lächelte an ihr vorbei, und Pam warf einen Blick über ihre Schulter und sah, dass Erik zurückgeblieben war. „Geht ihr bald?"

Ihre Freundin nickte. „Ich wollte nur sicher sein, dass bei dir alles koscher ist. Wir sind morgen Nachmittag zurück, dann haben wir noch ein bisschen Zeit, bevor dein Ausflug losgeht und wir in die Flitterwochen aufbrechen." Sie verzog das Gesicht. „Ist es okay für dich, wenn wir dich verlassen? Weil ich –"

Pam legte ihrer Freundin eine Sekunde lang die Hand auf den Mund. „Oh nein, Lady. Du wolltest nicht gerade vorschlagen, dass du in deiner Hochzeitsnacht hierbleiben willst, um mich zu babysitten, oder?"

„Auf keinen Fall." Maggie grinste. „Ich wollte sagen, wenn du willst, kannst du auch früher nach Hause gehen und dich verkriechen. Ich habe alle deine Lieblingsvideos und in der Küche ist Mikrowellen-Popcorn."

Pam sah sich bewusst um und betrachtete die elegant gekleideten Männer, bevor sie sich zu Maggie umdrehte und grinste. „Glaubst du, ich will Serenity zum millionsten Mal sehen, wenn du so ein appetitliches Buffet für mich vorbereitet hast?"

„Sie sind irgendwie lecker, nicht wahr?" Maggie drehte sich um, und beide blickten in den Raum.

Es war ein wenig ärgerlich, dass ihr Blick sofort auf die Stelle fiel, an der TJ stand. *Mist!*

Pam ignorierte das Interesse, das in einer Endlosschleife in ihrem Kopf kreiste, und grinste. „Oh ja, und da ist einer ganz besonders, der mich den ganzen Nachmittag zum Sabbern gebracht hat."

„Wirklich?" Maggie beugte sich vor und flüsterte. „Wer?"

„Der hier." Pam zeigte auf Erik und lachte laut, als Maggie sie mit dem Ellbogen anstieß.

„Hände weg, Süße, angel' dir deinen eigenen sanften Riesen."

Die Musik begann erneut, diesmal in langsamem Tempo, und Maggie zog Pam an sich und umarmte sie. „Zeit für den ersten Tanz, dann werden Erik und ich uns davonschleichen. Wir sehen uns morgen beim Abendessen, okay?"

Pam küsste sie schnell auf die Wange. „Mach dir keine Sorgen um mich. Es ist nicht so, dass du mich den Wölfen zum Fraß vorwirfst."

Maggie schnaubte laut. „Wenigstens weißt du, wie man mit denen umgeht."

„Glaub mir, ich komme mit der zweibeinigen Sorte genauso zurecht wie mit der vierbeinigen. Jetzt nur zu, dein Typ wartet, und auch wenn ich immer noch denke, dass ich ihn erledigen könnte, werde ich nett sein und ihm nicht wehtun, bevor du diesen Abend genossen hast."

Erik streckte seine Hand aus. Maggie ging lachend zu ihm, und die beiden betraten die Tanzfläche.

Pam stieß einen langen, tiefen Seufzer aus. Es war offensichtlich, dass sie sehr verliebt waren. Vielleicht würde es klappen. Die Lichter im Saal wurden gedimmt, und eine Discokugel begann, glitzernde Reflexionen im Saal zu verstreuen. Pam unterdrückte ein Kichern, als Funken über die Wände tanzten und das einsame Paar im Licht eines Scheinwerfers stand.

Jemand trat hinter sie, die Hitze seines festen Körpers schlug gegen ihren Rücken, während er seine Hände um ihre Taille legte und sich sanft an sie schmiegte.

TJ.

Dreister kleiner Bastard. Sie überlegte, ob sie einen Absatz in seinen Spann rammen oder ihn über ihre Schulter werfen sollte, nur um ihm eine Lektion zu erteilen, aber Maggie und Erik dabei zuzusehen, wie sie über den Tanzboden schwebten, hatte sie zu sehr beruhigt.

„Du solltest vorsichtig sein, wenn du dich so an ein Mädchen ranschleichst. Du könntest was Wichtiges verlieren", warnte sie.

Er ignorierte die Drohung und senkte sein Kinn auf ihre Schulter. Die Hitze, die zwischen ihnen vibrierte, verführte sie. „Sie passen großartig zusammen, nicht wahr?"

Sein Atem streifte ihre Wange, warm und süß. Ihr lief das Wasser im Mund zusammen, aber sie wollte nicht über Romantik mit ihm reden.

„Sie sehen ... unausgeglichen aus. Was hat sich Maggie dabei gedacht, sich auf jemanden einzulassen, der so viel größer ist als sie?"

„Hm. Sie dachten wahrscheinlich, wenn es richtig ist, kann man nicht leugnen, dass man denjenigen gefunden hat, den man will."

Oh Gott, seine Daumen streichelten ihre Taille, und er schmiegte sich an ihr Ohr. Wollte sie das? Hitze ließ sie rot werden. Sie musste sich entscheiden, und zwar schnell. Sie konnte ihn auf die Tanzfläche führen und seine Berührungen in der Öffentlichkeit genießen, oder sie konnten eine dunkle Ecke suchen und sehen, was sonst noch passierte.

Sozusagen.

Er zog sie zurück, und ihr Körper erlangte die Oberhand über ihren Verstand. Sie zogen sich in den Schatten an der Seite des Festsaals zurück und verschwanden hinter einem Raumteiler.

Er drückte sie dagegen, sein fester Körper sehr, sehr warm. Ihr Herz schlug schneller, dazu kam das Kribbeln zwischen ihren Schenkeln, und sie drückte ihre Beine zusammen, um das Verlangen zu lindern.

Mannomann, seine Augen waren so unglaublich, dass sie hätte schwören können, dass er eine Art Hypnose benutzte. Es war unmöglich, sich von ihm abzuwenden, während er sie anstarrte, ihr Haar und ihr Gesicht nachzeichnete und mit einem Finger ihre Lippen umriss, bevor er langsam seinen Kopf senkte und ihre Münder zusammenführte.

Er strich mit seinen Lippen wie eine sanfte Brise über ihre, seine Finger gruben sich in ihre Haare, um den Winkel ihres Kopfes anzupassen, bis sich ihre Münder ineinander schlossen. Zaghafte Bewegungen seiner Zunge huschten flüchtig an ihren Zähnen vorbei. Er neckte sie und gab ihr kaum eine Kostprobe von sich, bevor er sich von ihr löste und seine Stirn gegen ihre sinken ließ.

„Heilige Scheiße, du schmeckst gut", keuchte er. „Unglaublich. Ich hätte nie gedacht, dass eine Frau so schmecken kann wie du. Oder die Gefühle in mir auslöst, die du weckst."

Scheiß auf das Süßholzgeraspel! Sie hatte nicht ansatzweise genug von seinen Küssen bekommen. Sie versuchte, seine Lippen wieder in Besitz zu nehmen. Er bog sie zurück, um ihre Körper zusammenzupressen und sie seine Muskeln spüren zu lassen, sein Verlangen nach ihr.

Er stöhnte leise. „Du machst mich fertig. Wir sollten nicht ..."

Sie trat auf beide Seiten seines Beins und presste ihre erhitzte Scham an seinen Oberschenkel. Ein leises Stöhnen entfleuchte ihr, als die Berührung ihre Klitoris zum Pochen brachte.

„Scheiß auf Benimm!" TJ packte ihren Po und zog sie fest an sich, wobei er ihr die Kontrolle entriss, als er sie diesmal um den Verstand küsste. Ihr die Luft aus den Lungen saugte und ihre Zungen miteinander tanzen ließ. Eine fast verzweifelte, blindwütige, suchende Berührung. Er verlangte eine Antwort von ihr, und sie gab sie bereitwillig. Die Lust stieg wie eine Rakete, die in den Weltraum schoss.

Seine Hände waren überall. Strichen über ihren Oberkörper und berührten ihre Brüste. Er packte ihre Hüften und rieb sie an seinem Oberschenkel. Die Erregung riss sie mit, der rasende Puls ließ sie schwindelig und atemlos werden.

Er leckte eine Spur ihren Hals hinunter, knabberte an ihrem Schlüsselbein, und etwas Elektrisches schoss ihr ins Mark.

„Ich will dich, Pam", knurrte er gegen ihre Haut. „Du wirst mir gehören."

Meine Güte, diese Bemerkung passte ihr gar nicht, aber genau hier, genau jetzt? Sie hatte nicht vor, über seine Machtsprüche zu streiten, solange er mit dem weitermachte, was er tat.

Vollkommen verloren stand sie am Rande eines Orgasmus, und wenn er aufhörte, würde sie ihn töten. Pam packte seinen Kopf mit ihren Händen und zog seinen Mund zu ihrem, während sie sich zurücklehnte und versuchte, das letzten bisschen zu finden, das sie brauchte, um zu kommen.

Die Barriere hinter ihr wackelte für einen Moment, dann neigte sie sich. Ihr gesamtes Gewicht wurde von der Wand mitgerissen, als sie umkippte und mit ihnen zu Boden krachte. Sie unterdrückte ihre Flüche, als sich die

Flammen des Verlangens, die zwischen ihnen gelodert hatten, verpufften.

TJs schwerer Atem hallte in ihrem Ohr, als sie versuchten, ihre verwickelten Gliedmaßen zu entwirren. Die verdammten Discolichter flackerten über ihnen und zeigten ihre demütigende Situation. Hochzeitsgäste kamen, sahen besorgt drein und boten helfende Hände an. Pam rappelte sich auf, doch alles, woran sie denken konnte, war das schmerzende Verlangen in ihrem Innersten und der süße Geschmack von ihm, der in ihrem Mund blieb.

3

Kyle rieb sich die Nasenwurzel. TJ versuchte, stillzustehen und nicht herumzuzappeln wie ein ungezogenes Schulkind, das zum Rektor geschickt wurde.

„Sie ist deine Gefährtin."

„Scheiß drauf, Kyle, ich habe es dir schon ein Dutzend Mal gesagt. Wenn du nur ‚sie ist deine Gefährtin' in einem Tonfall wiederholst, der suggeriert, dass ich mehr als nur leicht minderbemittelt bin, werden wir mit diesem Gespräch kaum weiterkommen, oder?"

Robyn lachte.

„Das ist nicht lustig", beschwerte sich Kyle.

Robyn zog an seinem Arm, nahm das Gesicht ihres Gefährten in die Hände und starrte ihm in die Augen.

TJ sah zu, wie sein Bruder und seine Schwägerin über ihn diskutierten. Er wusste, dass sie es taten, das, was Gefährten tun konnten, telepathisch miteinander zu kommunizieren.

Er seufzte. Nun ja, die meisten Gefährten. Er bezweifelte, dass er und Pam dazu in der Lage wären, da sie

28

kein Wolf war. Dennoch würde er nicht mit dem Schicksal streiten.

Sie war definitiv die Eine. Diese Frau zu küssen war besser gewesen als jede sexuelle Erfahrung, die er zuvor in seinem Leben gemacht hatte. Er hatte sich rasend schnell auf den Punkt zubewegt, an dem er sich blamiert hätte und in seiner Hose gekommen wäre. Dann hatte er es wieder einmal geschafft, alles zu sabotieren.

Also wartete er jetzt darauf, von seinem Alpha-Paar wie ein ungehorsamer Welpe zurechtgewiesen zu werden.

Was er tun wollte, war, Pam zu finden und zu Ende zu bringen, was sie angefangen hatten. Wenn sie überhaupt mit ihm sprechen würde, nachdem sie aus dem Chaos gerettet worden war, nachdem sie zu Boden gegangen waren. Zum Glück war es so dunkel gewesen, dass alle dachten, es sei nichts weiter als seine übliche Tollpatschigkeit gewesen, die den Sturz verursacht hatte, und nicht die Tatsache, dass die beiden heftig herumgemacht hatten.

Ein Ziehen an seinem Ärmel holte ihn aus seinen Gedanken zurück. Robyn lächelte ihn an und sprach in Gebärdensprache mit ihm. Sie gebärdete langsam – er hatte viel gelernt, sprach aber immer noch nicht fließend.

„Wenn Pam deine Gefährtin ist, wie willst du damit umgehen?"

TJ zögerte. „Du meinst, ob ich ihr erzählen werde, dass ich ein Wolf bin?"

Robyn nickte.

Scheiße, darüber hatte er noch gar nicht nachgedacht. Verdammt, er wusste es nicht. Er trommelte mehrmals mit den Fingerspitzen seiner rechten Hand gegen seine Stirn, dann warf er seine Hand nach rechts und endete mit einer ihr zugewandten Handfläche, alle fünf Finger ausgestreckt.

Robyn stieß einen langen, tiefen Seufzer aus. „Du weißt es nicht. Wenn wir dir also vorschlagen, langsam zu machen, bis du dir darüber klar bist, wäre das dann sinnvoll?"

Fuck! „Warum musst du so logisch sein?", beschwerte er sich.

„Hättest du lieber, dass wir dir befehlen, dich von ihr fernzuhalten, bis sie Alaska verlässt?", fragte sein Bruder.

Kyle stellte sich neben Robyn, die beiden zusammen eine unüberwindliche Mauer.

„Sie ist meine Gefährtin. Ihr wärt nicht so grausam." Oder doch?

„Wir versuchen nicht, dir wehzutun, aber wir müssen die beste Lösung für das gesamte Rudel finden. Wenn sie deine Gefährtin ist, und das leugne ich nicht, wird das verdammt heikel werden." Kyle verschränkte die Arme und lehnte sich an den Tisch. „Wir haben das Rudel endlich so weit gebracht, dass sie sich nicht mehr über das Vollblut-/Halbblutproblem beschweren, und jetzt das?"

TJ fuhr sich frustriert mit der Hand durchs Haar. „Es ist nicht so, dass das meine Absicht war."

„Nein, aber es ist möglicherweise ziemlich volatil, wenn ein Mensch involviert ist."

„Ich gebe sie nicht auf."

Robyn schüttelte den Kopf. Sie stieß Kyle an, bis er sich seufzend aufrichtete. „Gut, du redest mit ihm. Ich gehe zurück zur Party, um dafür zu sorgen, dass niemand aus dem Rudel zu viel Scheiße macht."

Kyle küsste Robyn, bevor er ging – ein süßer und zärtlicher Kuss – und TJs Kehle schnürte sich mit einer Mischung aus Freude für sie und Neid zusammen.

Er hatte schon immer eine Partnerin haben wollen. Jemanden, um den man sich kümmert und der seine

Gesellschaft genießt, so wie er es bei seinem älteren Bruder und seiner Frau erlebt hatte. Und jetzt? War das vielleicht zum Greifen nahe.

Robyn ließ sich auf dem Sofa nieder. Sie musterte ihn eingehend, und TJ bekam eine Gänsehaut.

„Wenn du vorhast, deine Super-Alpha-Gehorsams-Kräfte bei mir anzuwenden, will ich gleich vorwegschieben: Das wäre total scheiße."

Sie lachte, als sie ihre Hände hob, um ihm zu sagen: „Kyle versucht so sehr, dem Rudel gegenüber fair zu sein, dass er vergisst, fair zu dir zu sein. Also kein Alpha-Scheiß, nur eine Frage."

Er setzte sich ihr gegenüber. In den letzten zweieinhalb Jahren, seit Robyn sich dem Rudel angeschlossen hatte, hatte sie viel über Werwölfe gelernt. Ihre Gehörlosigkeit hinderte sie nicht daran, eine der mächtigsten – und kreativsten – Führungspersönlichkeiten zu sein, die er je gekannt hatte. Vielleicht hatte sie eine Idee, wie er mit diesem Schlamassel umgehen sollte.

„Eine Frage?"

„Du weißt nicht, ob sie dich will ..."

Na ja, wenn die kleine Episode im Saal irgendetwas bedeutete, dann ...

„... für mehr als eine Affäre." Robyn sah ihn erwartungsvoll an.

Verdammt! „Sie ist meine –„

„Gefährtin. Ich weiß, aber sie ist kein Wolf. Du willst sie und wirst sie immer wollen, aber ich glaube nicht, dass das bei Menschen genauso funktioniert, oder?"

TJ zuckte mit den Schultern. „Hab' nie darüber nachgedacht. Ich meine, ich weiß, dass es Wölfe und Menschen gibt, die verheiratet sind, aber die meisten davon sind ausgestoßene Wölfe, die ohne Rudel leben ..."

Sein Magen zog sich zusammen. Würden sie erwarten, dass er ging, wenn er Pam als Gefährtin nehmen würde?

Granite Lake war schon immer sein Zuhause gewesen, und obwohl seine Partnerin von entscheidender Bedeutung war, wollte er sein Rudel nicht aufgeben. Seine Familie.

Er ließ den Kopf in seine Hände sinken. Plötzlich wurde der Tag, der der schönste seines Lebens hätte werden sollen, grau und kalt.

Robyn berührte sanft seine Schulter, um seine Aufmerksamkeit zu erregen. „Wir werden dich niemals rausschmeißen. Wenn Pam deine Gefährtin ist, ist sie auch ein Teil unserer Familie, egal was passiert."

Sie starrte ihn eine Weile an, und ein nervöses Zucken begann in seinem Oberschenkel. Er wackelte mit den Beinen, um seine Reaktion zu verbergen. Das war viel komplizierter, als er es jemals erwartet hatte.

In ihm war sein Wolf unruhig geworden. Er konnte nicht verstehen, warum sie hier saßen, anstatt die köstlich duftende Frau zu erschnuppern, die ihnen gehörte.

„Du musst ihr Zeit geben. Wenn sie dich als Mensch akzeptiert, hast du eine bessere Chance, dass sie dich auch als Wolf akzeptiert. Da kannst du nicht überstürzt lospreschen, TJ. Nimm dir Zeit, mach es richtig und sorg dafür, dass es anhält."

TJ schnaubte. „Wie?"

„Sie hat sich für die nächste Expedition bei Kyles Wildnistourunternehmen angemeldet. Du gehst als Führer mit. Gib ihr die Chance, dich in einer Atmosphäre, in der du dich wohlfühlst, besser kennenzulernen. Schau, was passiert, über körperliche Anziehung hinaus. Aber du musst deinen Wolf kontrollieren."

Er und Kyle hatten sich bereits auf den nächsten Ausflug in die Wildnis vorbereitet. Es hatte sich eine

Gruppe von zehn Personen angemeldet, Pam eingeschlossen. Obwohl er zu schätzen wusste, dass Robyn recht hatte, war es doch dumm, seine Gefährtin vor einer großen Gruppe von Leuten umwerben zu müssen. In der Menge war man sicherer und so weiter, aber er wollte keine Menge um sich haben. Allein mit ihr wäre vollkommen in Ordnung, schönen Dank auch

Eine Idee regte sich in seinem Hinterkopf, und er gab sich alle Mühe, sich nichts auf seinem Gesicht anmerken zu lassen. Ein Ausflug? Etwas Zeit allein?

Oh ja!

Lautes Klatschen riss ihn aus seinem Tagtraum. Robyn ließ ihre Hände sinken und starrte ihn böse an.

Er sprang auf. „Klar, hört sich großartig an. Tolle Idee, weißt du, mir Zeit nehmen, um sie kennenzulernen. Du bist ein Genie! Wunderschön und ein Genie. Was hat Kyle jemals ohne dich gemacht?" Er *plapperte*. Oh Gott, er plapperte wirklich.

Wie schnell konnte er den Raum verlassen, ohne dass sie bemerkte, dass etwas nicht stimmte?

Er zeigte mit beiden Daumen nach oben, wich einer Fußstütze aus und bewegte sich auf die Tür zu. „Na ja, ich muss los. In den nächsten Tagen gibt es viel zu tun. Ich muss viel schlafen, einen klaren Kopf bewahren und die Kontrolle behalten, nicht wahr?"

Er eilte hinaus, bevor sie etwas sagen konnte, wie „Was zum Teufel hast du vor, und ich verbiete dir, auch nur daran zu denken, etwas zu überstürzen." Denn was er vorhatte, stand definitiv auf der Liste der nicht genehmigten Projekte.

Aber das war seine Gefährtin, von der sie hier sprachen. Als hätte Kyle länger als einen Tag damit gewartet, Robyn zu beanspruchen.

TJ ging zurück in Richtung Saal, einen flotten fünfminütigen Spaziergang die Schotterstraße vom Haus seines Alphas hinaus. Die Musik der Party hallte durch die Luft, und er ging so schnell er konnte. Bei dem Gedanken, Pam mit einem der anderen Jungs tanzen zu sehen, stellten sich ihm die Nackenhaare auf. Oh nein, an Warten war nicht zu denken.

Er holte sein Handy heraus und tätigte den ersten Anruf. „Hey, Jared? Beweg deinen Arsch für fünf Minuten von der Tanzfläche. Ich muss mit dir reden.“

PAM WARF sich auf das Sofa in Maggies Wohnzimmer und stöhnte frustriert. In der Ferne hörte sie immer noch Tanzmusik, aber sie hatte das Interesse verloren, nachdem sie wie ein Stück Konfetti auf den Boden geschleudert worden war.

Na ja, nicht wahr.

Sie hatte sich abgeklopft, dankbar für das gedämpfte Licht, da so niemand gesehen hatte, wie rot ihre Wangen gewesen waren. Trotzdem, Unfälle passierten, und sie war mehr als glücklich, auf die Tanzfläche zu gehen, als der Mann des Augenblicks verschwunden war.

Großartig! Soviel zur *Ewigkeit* – der Typ konnte nicht einmal lange genug hier bleiben, um ihr einen Orgasmus zu bescheren.

Sie schaltete den Fernseher ein und zappte lustlos durch die Kanäle.

Maggie war mit ihrer wahren Liebe gegangen und hatte wahrscheinlich, wo immer ihre Hochzeitssuite war, hemmungslosen Sex. Pam war allein im Haus und konnte nur daran denken, wie einsam es sein würde, heute Nacht ins Bett zu kriechen.

Gah! Geil und genervt, was für eine beschissene Kombination! Sie war auf dem besten Weg, sich in den tiefsten Tiefen des Selbstmitleids zu suhlen.

Die Tür zur Küche knarrte und bewegte sich einen Zentimeter, und sie setzte sich auf, um sie anzustarren.

Sie hatte niemanden hereinkommen hören, aber bei all dem Spaß, den sie beim Anschauen von ‚The Price is Right‘ hatte, hätten sich im Nebenzimmer ein Dutzend Leute aufhalten können.

„Hallo?“

Die Tür bewegte sich erneut, und diesmal tauchte eine silbergraue Schnauze auf, die durch den Spalt ragte.

Pam runzelte die Stirn. Sie wusste nicht, dass Maggie und Erik einen Hund hatten. Sie kniete sich auf das Sofa und sah genauer hin. Das Tier schnupperte ein paarmal vorsichtig, und seine Nase blähte sich.

„Hey, was machst du?“ Sie konnte die Zeichen lesen – klassisches, nicht aggressives Verhalten, wenn er etwas war, dann neugierig. Pam lächelte. „Komm, hab’ keine Angst.“

Auch wenn das Tier sich nicht feindselig verhielt, fluchte Pam, als es seinen Kopf durch die Tür schob.

„Heilige Scheiße, niemand hat mir gesagt, dass sie hier Wölfe als Haustiere halten. Guter Wolfi. Bleib, wo du bist!“

Das silbergraue Tier war jetzt im Raum und setzte sich gehorsam. Pam atmete auf. Gott sei Dank für gut erzogene Tiere.

Vorsichtig ging sie um das Sofa herum, um den Wolf anzusehen.

Es schien, als würde er genauso aufmerksam zurückstarren, leise hechelnd, während die Zunge auf einer Seite aus seinem Maul hing.

Sie streckte eine Hand aus und ließ ihn schnuppern. „Also, ich habe für heute Abend keine Freundin, die mir Gesellschaft leistet. Hast du auch genug vom Tanzen? Willst du einen Mädelsabend mit mir verbringen?"

Der Wolf schnaubte, und ein Lufthauch wehte an ihrer Hand vorbei. Pam berührte sanft die Schnauze des Tieres, strich über das Fell dort und kraulte ihm die Ohren.

„Na bitte. Alles ist gut. Ich werde dir nicht wehtun."

Was für ein wunderschönes Geschöpf! Sie war sich nicht sicher, mit welcher Hunderasse die Wolfslinie dieses Tiers gekreuzt worden war, aber die Mischung war atemberaubend. Sein Fell war weich – weicher als das der Deutschen Schäferhunde, die sie gewohnt war.

Pam untersuchte das Tier. Wem auch immer dieses Tier gehörte, er kümmerte sich hervorragend darum.

Sie strich mit der Hand über seinen Bauch und lachte, als er zurückzuckte.

„Oops, kein Mädchen. Tut mir leid. Dennoch würde ich mich freuen, wenn du hierbleibst, falls du für heute Nacht keine großen Pläne hast."

Sie stand auf, und der Wolf folgte ihr. Sehr gut ausgebildet und, wenn sie ehrlich war, genau die Art von Gesellschaft, die sie nach dem seltsamen Ende ihres Abends brauchte.

Pam rollte sich in der Ecke der Couch zusammen. Der Wolf legte sein Kinn auf ihr Knie und starrte sie mit verliebten Augen an. Sie streichelte seinen Kopf. Sie liebte es, wie aufrichtig und einfach die Zuneigung eines Tieres war. Man konnte darauf vertrauen, dass sie nach normalen Mustern handelten.

Sie vermisste ihren Partner, aber es war an der Zeit gewesen, ihn in den Ruhestand gehen zu lassen.

„Magst du lieber Komödien oder Actionfilme, Wolfi?

Komm, spring rauf. Vielleicht darfst du normalerweise nicht aufs Sofa, aber heute Abend machen wir einen Deal." Sie klopfte auf den Platz neben sich, und im nächsten Moment legte sich ein großer, pelziger Teppich über ihre Beine. Sie kraulte seinen Hals und suchte nach einem Halsband und einer Hundemarke. „Ich verstehe nicht, warum in aller Welt die Leute ihren Haustieren kein Halsband anlegen. Wie soll ich dich nennen?"

Eine lange, feuchte Zunge glitt über ihre Wange, und sie lachte laut.

„Übertreib's nicht, ich brauche kein Bad." Sie packte ihn am Genick und manövrierte ihn in eine weniger zugängliche Position. Es mochte seine Art sein, Zuneigung zu zeigen, aber Hundesabber vom Gesicht wischen war nicht ihre Lieblingsbeschäftigung.

Sie schaltete den Fernseher wieder ein und versuchte, sich in die Sendung einzufinden.

Es war unmöglich. Die Anspannung, die früher am Tag begonnen hatte, lastete immer noch auf ihr. Verdammter TJ, weil er ihren Motor zum Laufen gebracht und sie dann im Stich gelassen hatte. Sie vergrub ihre Finger im Fell des Wolfes und versuchte, sich zu entspannen. Die immer noch anhaltende Hitze und die restliche Aufregung des Tages machten ihr zu schaffen. Dazu die Wärme, die der Wolf ausstrahlte, als er neben ihr lag.

Es hatte etwas Tröstliches, ein Tier in der Nähe zu haben. Sie vermisste ihren Partner wirklich.

Als sie sich dabei ertappte, dass sie zum dritten Mal in kurzer Folge gähnte, gab sie auf, schaltete den Fernseher aus und streckte sich träge.

„Okay, Wolfi. Zeit für dich, nach Hause zu gehen." Sie stand auf, um die Küchentür zu öffnen, sah aber, wie das

Hinterteil des Tieres die Treppe hinauf verschwand. „Hey, was glaubst du, wohin du gehst?"

Als sie ihn zusammengerollt auf ihrem Bett fand, lachte sie. „Ich wette, du bist jemand, der seinen Menschen an die Bettkante drängelt. Gut, solange du nicht schnarchst, kannst du bleiben."

Sie zog die Jogginghose aus, die sie angezogen hatte, nachdem sie die Party verlassen hatte, bevor sie ein T-Shirt anzog. Ein kräftiger Stoß bewegte ihn so weit, dass sie unter die Decke kriechen konnte.

Er tat nichts, was Hunde üblicherweise machten, um sich schlafen zu legen, sondern schmiegte seine Nase an ihr Ohr und leckte sie einmal, bevor er sich dicht neben ihr auf den Bauch fallen ließ. Sie lachte und legte einen Arm um ihn.

Irgendwann in der Nacht, als sie sich umdrehte, war er weg.

Wie poetisch, sie war von einem weiteren Mann verlassen worden. Sie seufzte und schlief wieder ein.

4

Herrlich blauer Himmel begrüßte sie am ersten Tag der Tour. Das Wetter hatte sich offensichtlich entschieden, mitzuspielen. Pam betrachtete die anderen Wanderer mit wachem Blick. Das war die größte Sorge, die sie bei Maggies Vorschlag, an einer organisierten Expedition teilzunehmen, gehabt hatte; man wusste nie, wer die anderen sein würden, und manchmal sorgten zu viele Leute für Ärger.

Kyle rief alle Aufmerksamkeit auf sich, bevor er auf den Stapel Ausrüstung auf dem Picknicktisch zeigte.

„Wir haben für alle leichte Rucksäcke, die mit Snacks und Wasserflaschen gefüllt sind. Versucht nicht, den Hügel hochzurennen. Nehmt euch Zeit und genießt den Weg. Es gibt eine Reihe von Orten, an denen wir anhalten und Fotos machen, aber ihr könnt sowieso jederzeit kurz Halt machen und eine Dehnpause einlegen. Wir haben genug Guides, damit ihr alle in eurem eigenen Tempo gehen könnt."

Pam nickte zufrieden. Offenbar gab es innerhalb der Gruppe unterschiedliche Fitnessniveaus, und obwohl sie nicht sicher war, wie schnell sie wandern würde, war es schön zu wissen, dass Kyle nicht damit rechnete, dass sie in einer großen Gruppe bleiben würden.

Sie starrte zum Gipfel des King's Throne, der über ihr aufragte, und stellte den Rucksack so ein, dass sie bequemer sitzen konnte. Klarer Himmel, eine sanfte, duftende Brise – ein toller Tag dürfte bevorstehen.

Sie drehte sich um und stieß mit TJ zusammen.

„Hey, bereit für die Wanderung?"

Sie tat so, als wäre sie genervt. „Hast du vor, mir die ganze Woche über an den Fersen zu kleben?"

Er verzog das Gesicht. „Ähm, so ziemlich der Plan, ja. Oder zumindest, bis du meine Entschuldigung annimmst. Ich hatte nicht vor, dich allein sitzenzulassen."

Pam lachte leise. Der Typ war ausgesprochen hartnäckig. „Ich weiß, dass du kurz weggerufen wurdest, und als du zurückgekommen bist, war ich weg. Schon gut, ich verzeihe dir. Wirklich."

„Warum verhältst du dich dann so, als würde es dir Spaß machen, wenn ich in den See falle oder so?"

Verlockender Gedanke. Nur weil sie wettete, dass er tropfnass, wenn seine Kleidung an ihm klebte, großartig aussehen würde. Vielleicht konnte sie ihn davon überzeugen, dass es besser wäre, sie auszuziehen und trocknen zu lassen, und er würde nackt wandern.

Ja, richtig, mit neun anderen Leuten in der Nähe?

Er deutete den Weg entlang, und sie folgte ihm. „Ich war angepisst, aber das ist vorbei. Es war einfach nicht so, wie ich mir vorgestellt hatte, den Abend zu verbringen."

Sie hörte, wie er schnell Luft holte. Ja, seine Antwort war so ziemlich dieselbe wie ihre.

Sie hatte in den letzten zwei Tagen viel darüber nachgedacht, als sie sich auf die Reise vorbereitet hatte – insbesondere, nachdem sie herausgefunden hatte, dass TJ einer der Guides war. Sie konnte weiter wütend sein und schmollen, oder es gut sein lassen und Spaß haben. Da das ihre Chance war, rauszukommen und sich zu amüsieren, beschloss sie, es ihm nicht länger vorzuhalten. Die Anziehungskraft zwischen ihnen war zu groß, als dass sie ihm lange hätte böse sein können, und wäre das nicht wirklich Energieverschwendung? In ein paar Wochen wäre sie weg, und in der Zwischenzeit könnte er ihr ein bisschen nordische Gastfreundschaft zeigen.

Aber es machte trotzdem Spaß, ihn sich winden zu sehen.

Sie gingen entspannt den breiten Wegabschnitt entlang. „Ist das eine alte Straße?"

„Ein alter Ziehweg. Er wird schmaler, wenn wir die Cottonwood Junction erreichen. Dann geht es im Gänsemarsch weiter, bis wir die Wiese erreichen."

Sie unterhielten sich über das Yukon-Territory. TJ zeigte ihnen einige der ungewöhnlicheren Pflanzen zu ihren Füßen. „Die Wildblumen sind inzwischen so gut wie alle verschwunden, abgesehen von den Weidenröschen."

„Hübsch!"

„Es ist ein Unkraut, aber ja, ein hübsches."

Stunden vergingen, und sie fand einen Rhythmus, ließ den Blick über die Landschaft schweifen und genoss die Gelegenheit einer körperlichen Herausforderung. Ein paar der Wanderer in der Gruppe waren weit zurückgefallen, und bald waren nur noch zwei andere mit ihr und TJ auf derselben Höhe.

„Wie lange bleibst du im Yukon?", fragte einer der Männer.

Sie bewegte sich etwas weiter von ihm weg. Obwohl er keine körperliche Herausforderung für sie darstellen würde, hatte sie keine Lust, mit irgendjemandem zu flirten. Das heißt, irgendjemandem außer TJ.

„Zwei Wochen, oder?" TJ trat zwischen sie, bevor er nach rechts deutete und ihre Aufmerksamkeit auf einen Aussichtspunkt lenkte.

Pam verbarg ihr Lächeln.

Der Panoramablick, als sie oben ankamen, war atemberaubend schön. Sie wanderte ziellos umher und nahm ein Foto nach dem anderen auf. Wolkenbäusche, die an den Berggipfeln hingen. Ein Band aus Gletschereis, das in der Ferne verschwand. Die Sonne, die sich in einer Million schillernder Lichtpunkte auf der Oberfläche des Kathleen Lake spiegelt.

Jedes Mal, wenn sie aufblickte, stellte sie fest, dass TJs Blick auf sie gerichtet war.

„Hast du sonst niemanden, um den du dich kümmern musst?"

Er schüttelte langsam den Kopf. „Ich habe das Picknick schon vorbereitet, und alle anderen essen. Ich muss aufpassen, dass du nicht zu nah an den Abhang gehst oder so."

Oje, es war heiß hier oben, unter der glühenden Hitze seines Blicks. „Wenn es ein Picknick gibt, sollte ich wohl mitkommen."

„Ich hab' was für uns. Wir können hier essen. Allein."

Pam konzentrierte sich. *Alles klar.*

Sie saßen zusammen, TJ zeigte in verschiedene Richtungen und benannte die Berggipfel, die von ihrem Aussichtspunkt aus sichtbar waren. Pam knabberte an ihrem Sandwich und versuchte dabei, sich etwas einfallen zu lassen, um den abgebrochenen Kuss vom vorigen Abend zur Sprache zu bringen. Vielleicht sollten sie einen Weg und ein Mittel finden, es noch einmal zu versuchen.

Sie hatte sich noch nie so sehr zu einem Mann hingezogen gefühlt, und gleichzeitig war es ihr noch nie so schwergefallen, es in Worte zu fassen. Es schien keine geeigneten Formulierungen zu geben, und sie hatte nicht vor, sich einfach auf ihn einzulassen.

Noch nicht.

„Also, ich habe nachgedacht." TJ reichte ihr eine Saftpackung, auf deren Oberfläche sich Kondenswasser bildete.

„Oh, das ist gefährlich."

Er grinste. „Ich würde es gern wiedergutmachen, ich meine, dass ich dich bei der Hochzeit im Stich gelassen habe. Ich hatte irgendwie gehofft, dass du mir genug verzeihen würdest, um ein kleines Friedensangebot anzunehmen."

Hmmm, Bestechung würde funktionieren. „Du meinst zusätzliche Schokoriegel? Dunkle Schokolade? Für Schokolade bin ich bereit, fast alles zu verzeihen."

Sein Lachen hüllte sie ein, als er seinen Rucksack nahm.

„Das ist nicht die Überraschung, aber ich denke, ich kann dir trotzdem helfen." Er kramte einen Ziploc-Beutel hervor und holte einen extragroßen, in Folie verpackten Riegel heraus. „Ugh, es ist heute zu warm, um Schokolade mitzuschleppen. Tut mir leid."

Er holte einen aus der Tasche. Schokolade quoll aus den Rändern und lief ihm über die Finger. Hallo, Gelegenheit! Sie ergriff seine Hand.

„Kein Problem, ich mag es so."

Sie führte seine Hand zu ihrem Mund und saugte einen Finger hinein, leckte die warme, geschmolzene Schokolade ab, bevor sie zum nächsten überging. Sein Atem ging schneller, und ihre Pussy wurde feucht.

Okay, sie hatte es satt, nachtragend zu sein, und sie hoffte, dass es dort, wo sie heute übernachteten, nicht nur Gemeinschaftsunterkünfte gab.

Als sie alle Schokoladenreste abgeleckt hatte, konnte sie kaum noch atmen.

Er beugte sich zu ihr vor, und seine dunklen Augen fixierten sie, als sich ihre Lippen berührten.

Glocken läuteten. *Cool*, sie küssten sich noch nicht einmal, und sie hörte Glocken.

TJ zog sich seufzend zurück, und ihre Hoffnungen schwanden. Es war ein echtes Glöckchen, und sie kam näher. „Da ist das Signal, alle zusammenzutrommeln und uns auf den Weg den Hügel runterzumachen." Er starrte auf ihre Lippen. „Vergiss nicht, wo wir stehengeblieben waren ..."

Oh Junge!

Pam klaubte, so gut sie konnte, ihren Verstand zusammen und rappelte sich auf. Er wies sie in die richtige Richtung, und sie schüttelte den Kopf, als sie sich auf den Weg machte. Okay, er sah ziemlich gut aus, aber sie musste irgendeine eine Art Höhenkoller haben.

Sie beobachtete ihn aus dem Augenwinkel, bis er sie erwischte.

Konzentrier dich auf den Weg. Wenn ich nicht stolpere und mir das Genick breche, bleibt später noch genügend Zeit zum Flirten.

Eine halbe Stunde später holte er sie ein und berührte sanft ihre Hand, um ihre Aufmerksamkeit zu erregen. „Hast du Lust an einer kleinen Besichtigung aus der Luft? Ich lad' dich ein."

„Ist das dein Ernst? Wann?"

TJ grinste und zog sie an sich, versteckte sie vor den anderen, als sie zwischen ein paar Bäumen verschwanden.

Er beugte sich näher und flüsterte ihr ins Ohr. „In ungefähr einer Stunde. Ich habe dafür gesorgt, dass uns ein Hubschrauber auf der Wiese abholt, wo wir heute Morgen unsere erste Snackpause eingelegt haben."

Sein warmer Atem streichelte ihren Hals, und ein Schauer lief über ihre Haut. Verdammt, der Mann machte sie geil, ohne es überhaupt zu versuchen.

„Ist das sowas wie eine private Veranstaltung, oder nehmen wir die anderen auch mit?" Sie nickte in Richtung des Typen, der sie vorhin angequatscht hatte.

„Sehr privat. Es gibt Platz für dich und mich und den Piloten. Du musst also ein paar Dinge tun. Erstens." Er küsste ihren Hals und ließ seine Hand in ihr Haar gleiten, um sie näher an sich zu drücken.

„Erstens?" Guter Gott, war das ihre Stimme? Diese kehlige, sexy „Fick mich auf der Wiese"-Stimme?

„Hmm, du darfst niemandem sagen, dass wir gehen." Er knabberte an ihrem Ohrläppchen und sie stöhnte. *Oh ja!*

„Das schaffe ich. Ich bin gut darin, Geheimnisse zu bewahren."

„Das wette ich. Zweitens ..." Er strich mit einer Hand über ihren Rücken, bis er ihren Po erreichte und sie bereit war, ihn zu bespringen.

„Zweitens. Verdammt, TJ, berühr mich weiter so, und ich werde mich an kein Wort erinnern, das du gesagt hast."

„Alles, was du dir merken musst, ist, wenn der Hubschrauber landet, musst du dich tief ducken und schnell zur Tür gehen. Wir wollen weg, ohne die anderen Gäste zu sehr zu verärgern, okay?"

„Wirst du Ärger dafür bekommen?"

Er antwortete nicht, sondern zog sie nur näher an sich und senkte seine Lippen auf ihre.

Herrgott, der Typen konnte küssen! Allein seine

Lippen lösten Reaktionen aus, die sich andere Liebhaber mit einem ausgiebigen Abendessen, Tanz und ein paar Flaschen Wein erarbeiten mussten. Als er aufhörte, musste sie nach Luft schnappen.

Er lächelte sie an und strich mit dem Daumen sanft über ihre Wange. „Manche Dinge sind das Risiko absolut wert."

Er löste sich von ihr und legte einen Finger an ihre Lippen. Sie nickte. Es wäre schön, der Gruppe entkommen zu können. Sie war schon in einem Helikopter geflogen, aber nur für die Arbeit. Vor Aufregung schauderte sie.

„Wohin fliegen wir?"

„Wir fliegen über einen Teil des Kluane-Nationalparks. Du kannst den Mount Logan sehen, bevor wir über das Gletscherfeld und an einigen wunderschönen Seen vorbeifliegen."

Sie ergriff seine Hand und drückte sie. „Danke, TJ. Das ist sehr aufmerksam von dir. Ich freue mich darauf, ein bisschen Zeit mit dir allein zu verbringen." Seine Augen blitzten dunkel auf, und er ließ den Blick über ihren ganzen Körper schweifen, bevor er sich von ihr löste.

„Vergiss das nicht. Zeit allein ist eine gute Sache."

TJ LAUSCHTE AUFMERKSAM auf das Geräusch des Hubschraubers. Es würde auf das Timing ankommen. Der Pilot war ein Freund, und hoffentlich hatte Shaun es geschafft, alles in die Wege zu leiten.

Nun musste er dafür sorgen, dass Kyle seine Pläne nicht durchkreuzte.

Die Gruppe hatte sich inzwischen wie zuvor bei einer Wanderung verteilt. Die eifrigeren Leute waren oben geblieben, um noch ein wenig mehr zu erkunden. Kyle hatte den Abstieg mit der langsameren Mannschaft begonnen, um ihnen mehr Zeit zu geben, zum Parkplatz zu kommen und das Picknick-Abendessen für sie vorzubereiten.

Pam trank einen Schluck aus ihrer Wasserflasche und leckte sich die Lippen, und sein Schwanz erwachte wieder zum Leben. Er war ziemlich hart gewesen, seit sie sich vor zwei Nächten vor ihm ausgezogen hatte. Die Erinnerung an ihren nackten Oberkörper, bevor sie ein Schlafshirt angezogen hatte – das Bild war so klar wie ein Foto, und es verfolgte ihn. Seine Gefährtin war genau das, was er sich von einer Frau wünschte. Er musste gehen, bevor er zu sehr versucht war, zu wandeln und über sie zu kriechen.

Nein, das war viel besser. Zeit allein. Das war das Ziel, nicht wahr? Er hörte das leise Geräusch von Shauns Hubschrauber immer näherkommen.

„Komm, lass uns zum Rand der Wiese gehen."

Sie nahm seine Hand, und er musste den elektrischen Schlag ignorieren, der durch seinen Arm schoss. Er fragte sich, ob seine Berührung dieselbe Wirkung auf sie hatte wie ihre auf ihn. Für ihn bestand kein Zweifel daran, dass sie zusammen großartig aussehen würden. Nicht nur Sex, obwohl, hallo, das sähe auch spektakulär aus, doch sie schien so verständnisvoll, und er freute sich auf die nächste Woche. Herauszufinden, was es bedeutete, jemanden zu haben, dem man seine ganze Aufmerksamkeit schenken konnte. All seine Liebe.

Er musste ein letztes Manöver durchziehen.

Die Lautstärke und die Windbewegung nahmen zu, als der Hubschrauber über ihnen schwebte und Pam ihr Gesicht an seiner Brust verbarg. Sein Arm um ihre Schultern fühlte sich so gut und natürlich an, dass er wusste, dass er ein breites, albernes Grinsen im Gesicht haben musste. Er beschützte sie, bis sich die Rotorblätter beruhigten und die Tür aufschwang.

Sein Freund Jared sprang heraus, zeigte Daumen hoch und sprintete zum Rand der Wiese. TJ führte Pam, brachte sie in die Kabine, kletterte hinter ihr her und schloss die Tür. Sie suchte nach Sicherheitsgurten, und er streckte die Hand aus, um ihr zu helfen, dann tippte er Shaun auf die Schulter. Bevor der Lärm der Rotorblätter ein schmerzhaftes Niveau erreichte, nahm er die an der Rückwand hängenden Headsets. Nachdem er ihr ihres aufgesetzt hatte, zeigte er ihr die Knöpfe, die sie drücken musste, um zu sprechen.

„Fühlst du dich wohl?" Er ordnete die Rucksäcke zu ihren Füßen und beugte sich unter dem Vorwand näher, ihren Sicherheitsgurt anpassen zu wollen.

„Großartig. Wohin fliegen wir jetzt?"

Das Paradies, hoffte er. „Schau aus dem linken Fenster, da ist Mount Logan. Mit knapp unter sechstausend Metern ist er der höchste Berg in Kanada und der zweithöchste in Nordamerika."

Sie beugte sich über seinen Körper, um aus seinem Fenster zu sehen, und ihr Haar fiel wie ein Vorhang über ihn. Süß. Eine Kombination aus Jasmin und ihrem eigenen natürlichen Duft. Der, der ihn die Augen verdrehen und seine Hose viel zu eng werden ließ.

„Wunderschön. Ist das der Gletscher, den du erwähnt hast?"

Er zeigte auf das andere Fenster, legte seinen Arm um sie und erklärte weiter. Jede Tour, die er in den letzten Jahren geführt hatte, erwies sich jetzt als praktisch, da er so in der Lage war, die meisten ihrer Fragen zu beantworten.

Der Ausflug trug auch dazu bei, die Zeit zu vertreiben.

Nachdem sie den Kluane-Nationalpark verlassen hatten, flogen sie um den Sheep Mountain herum und ließen den Alaska-Highway hinter sich, um tiefer in den Busch vorzudringen. Unter ihnen breitete sich dichter Wald aus, der sich in endlosen grünen Wellen hob und senkte. Shaun gestikulierte in die Luft, und TJs Aufregung wuchs. Sie waren fast da. Er drückte Pams Finger. Irgendwie hatte ihre Hand den Weg in seine gefunden, und er wollte sie nicht loslassen.

„Willst du landen?", fragte er sie.

Sie grinste ihn an. „Meinst du es so?"

Vor dem Fenster befand sich der Fuß eines unberührten Bergsees, ein Feld mit wilden Gräsern, das sich vom Ufer bis zu den Ausläufern des Berges erstreckte. Shaun manövrierte sie nach Norden, wo ein glitzernder Bach in den See stürzte. Er landete den Hubschrauber auf einer kleinen Wiese, und TJ öffnete die Tür einen Spalt, sprang hinaus und streckte die Hand aus, um Pam zu helfen.

Als sie das Gleichgewicht verlor und auf ihn fiel, war er hin- und hergerissen, sein Pech zu verfluchen und sich zu wünschen, sie könnten für immer so bleiben.

Halt dich an den Plan. „Es ist laut hier. Lass uns ein Stück gehen."

„Wird er den Motor abstellen?"

Höchst unwahrscheinlich, aber das würde er ihr nicht sagen. Noch nicht. Sie lachte, als er sich herumrollte, sie auf die Beine zog und vom Hubschrauber weglief, bis sie sprechen konnten, ohne zu schreien.

„Haben wir lange genug Zeit, um zum See zu gehen und die Hände ins Wasser zu halten?"

„Sicher." Er folgte ihr, und sie drehte ihre Arme im Kreis und atmete tief durch. Sie sah wild und lebendig aus, und er war Hals über Kopf verliebt.

„Wettrennen zum See!" Und schon war sie weg.

TJ verfolgte sie und fing sie ein, bevor sie das Gras unter ihren Füßen verloren. Er packte sie vorsichtig und drehte sich, als sie fielen, um sie in seine Arme zu legen und sie auf sich ruhen zu lassen.

Es dauerte einen Moment, bis der Schock darüber, dass es ihm gelungen war, ohne sich die eigenen Knochen zu brechen, seine Wirkung verlor.

„Na, hallo! Waren wir nicht vor ein paar Minuten schon hier?", feixte Pam, stützte ihre Ellenbogen auf seine Brust und das Kinn in ihre Hände.

„Ich glaube, wir waren *fast* da. Eines fehlt."

Er hielt ihren Kopf und zog ihre Lippen auf seine. Ihr Geschmack legte sich um ihn und zog ihn in die Tiefe. Das Gefühl, dass seine Gefährtin auf ihm lag, war das Beste, was er je erlebt hatte.

Sie reagierte begeistert, erkundete ihn mit ihrer Zunge und küsste ihn mit so viel Leidenschaft, wie er sich wünschte. Sie zog ihre Beine an, um sich rittlings auf ihn zu setzen, und ihr warmer Schritt ruhte auf seiner Leistengegend. Eine kurze Bewegung ihrer Hüften, und der Kontakt wurde intensiver.

Oh, verdammt, er würde explodieren, wenn sie das noch einmal tat.

Pam saß aufrecht, die Strähnchen in ihrem Haar leuchteten rot im hellen Licht der Sonne. Sie grinste ihn an. „Nun, du scheinst mir ausgeliefert zu sein, aber wir müssen wahrscheinlich bald gehen, oder?"

Das lauter werdende Geräusch der Rotoren drang zu ihnen, und ihre Augen weiteten sich. „Was macht er da?"

Sie rutschte von ihm, und ihr blieb der Mund offenstehen, als sie sah, dass der Hubschrauber abhob. Der

Druck der Luftverwirbelung drückte sie zu Boden, als Shaun davonflog.

TJ winkte seinem Freund zu, als der Helikopter weiter aufstieg, einen Moment lang über dem Feld schwebte, bevor er einen Bogen flog und in die Ferne verschwand.

„Was macht er? Nicht ... komm zurück!" Pam rannte hinter dem Hubschrauber her und wedelte panisch mit den Armen, bevor sie mit großen braunen Augen zurückkehrte. „Er hat uns einfach hiergelassen. Was glaubt er, dass er da tut?"

TJ stand auf und zog sie in seine Arme. „Mach dir keine Sorgen, es ist okay. Er wird zurückkommen."

Sie entspannte sich. „Das ist gut. Wie lange haben wir, bis er zurückkommt?"

„Eine Woche."

5

*P*am starrte ihn an. Was ...? Das musste ein Witz sein.

„Nein, im Ernst. Muss er Treibstoff holen oder sowas?"

„Nein, er hat noch ein paar andere Dinge zu erledigen, aber er wird zurückkommen und uns holen. Nächste Woche. Willst du mir helfen, unsere Rucksäcke zur Hütte zu bringen?" TJ drehte sich um und ging zur Mitte der Wiese.

Hütte? Sie packte ihn am Arm und wirbelte ihn zu sich herum. „Du machst Witze, nicht wahr? Du hast uns wirklich gerade mitten in der Wildnis absetzen lassen? Bist du *verrückt?*"

„Schau, alles ist gut. Lass uns unsere Sachen schnappen, und wenn wir uns eingerichtet haben, können wir weiter darüber reden."

Sie biss sich auf die Zunge. Im Ernst, der Typ musste nicht auf allen Zylindern feuern, aber für den Moment mitzuspielen war die einzige Lösung. Sie sah sich aufmerksamer auf der Wiese um. „Wo ist alles? Die Hütte, das Essen, das Badehaus mit fließendem Wasser und Satellitenfernsehen?"

„Kein Fernseher, aber ich verspreche fließendes Wasser. Komm."

Er führte sie zu der Stelle, an der der Hubschrauber gelandet war. Dort, wo das Gras vom Wind der Rotoren umgeweht worden war, standen eine Kiste und zwei große Rucksäcke. Einer davon war ihr eigener leuchtend roter Rucksack, von dem sie hätte schwören können, dass er ihn sicher im Expeditionswagen zurückgelassen hatte.

Er schulterte seinen Rucksack und die Kiste, grinste sie an und ging in Richtung der Bäume voraus.

Okay. Sie wollte ihn töten, aber erst, nachdem sie ein Dach über dem Kopf hatte. Sie zuckte mit den Schultern und folgte ihm.

Der Weg führte zu einer hübschen Blockhütte mit Blick auf den See. Sie war so gut versteckt, dass sie sie vorher nicht einmal bemerkt hatte, aber sie wusste die Lage zu schätzen. Sobald sie den Teil in sich überwunden hatte, der TJ auseinandernehmen wollte, war das kein schlechter Ort.

Er blieb am Fuß der breiten Treppe stehen, die zu der stabilen Holztür führte.

„Ein privater Kurzurlaub nur für dich. Ich weiß, ich hätte dich zuerst fragen sollen, aber ich musste dafür sorgen, dass alles ziemlich schnell erledigt wurde. Ich dachte, es wäre leichter, um Vergebung zu bitten, als um Erlaubnis zu fragen."

Sie starrte ihn ungläubig an. Das konnte nicht sein. Ihr Herz raste, das Blut rauschte so heftig an ihren Schläfen vorbei, dass ihre Sicht verschwamm. Sie war sich nicht sicher, ob es am Schock lag oder daran, dass sie wütend war.

Angepisst. Das war es auf jeden Fall. Dieser Mann musste zurechtgewiesen werden, und sie wusste, wie man das tat. Pam setzte einen neutralen Gesichtsausdruck auf und sprach ruhig.

„Was du mir also sagen willst, ist, dass du das absichtlich inszeniert hast. Die abgelegene Hütte, die ganze ‚Nur wir zwei allein'-Sache?"

Er nickte, ein Funkeln in seinen Augen.

„Ahhh, das ist so ..." Sie trat näher und tätschelte ihm die Wange. „So unglaublich ..."

Mit einer schnellen Bewegung packte sie sein Ohr und drehte es.

Er versuchte, ihre Hand zu greifen, und fiel auf die Knie. „Scheiße, warte!"

Sie warf ihm einen wütenden Blick zu. „Ich kann nicht fassen, dass du so ein *Arschloch* bist. Wer zum Teufel hat dir die Verantwortung für mich übertragen? Hast du gefragt? Hast du überhaupt darüber nachgedacht, dass das, wofür ich mich angemeldet habe, vielleicht genau das war, was ich machen wollte? Idiot!"

Eine zusätzliche Drehung am Ohr begleitete ihr letztes Wort, und TJ jaulte mit zusammengebissenen Zähnen.

„Arghhh, ich habe die Liste aller Dinge, die du ausprobieren wolltest. Wir werden es hier machen, nur ein bisschen angenehmer, weil es keine Menschenmassen geben wird."

Sie ließ sein Ohr los und stapfte über die Veranda. Unglaublich. „Du hast mich entführt!"

„Warte, so ist es nicht." Er rappelte sich auf und klopfte hektisch seine Taschen ab. „Ah, verdammt, ich vermassele das alles. Ich habe das nicht richtig ausgedrückt. Ich wollte ... ich wollte dich fragen, ob du hierbleiben willst. Wir können den Helikopter jederzeit zurückrufen. Nur ..."

TJ ließ den Rucksack fallen und öffnete die Reißverschlüsse, offensichtlich auf der Suche nach etwas.

Auch Pam stellte ihren Rucksack ab und ließ ihn gegen die Seite der Hütte fallen. Sie wollte, dass ihre Hände und Füße frei waren, wenn sie ihm in den Arsch treten musste. Sie ging in die Abwehrhaltung und war bereit, ihn, wenn nötig, zu Boden zu werfen.

Er drehte sich zu ihr um. Er stieß etwas Dunkles in ihre Richtung, und sie reagierte instinktiv, wobei ihre Handkante seinen Unterarm hart genug traf, um einen blauen Flecken zu hinterlassen. Als er aufschrie, flog ein länglicher Gegenstand aus seinen Fingern und knallte gegen die Tür. Schwarze Plastikstücke regneten auf die Verandabretter, ein Satz Batterien rollte und prallte von der Wand ab und blieb schließlich an ihrem Fuß liegen.

Fuck!

Pam kniete nieder und hob das zerbrochene Gehäuse des Transceivers auf, aus dem abgebrochene Drähte baumelten. Ein rundes Zifferblatt fiel zu Boden und drehte sich wie ein Kreisel. Das Drehen des Kreisels ließ nach, bis das Stück mit einem leisen Plopp umkippte.

TJ räusperte sich.

Sie presste ihre Lippen aufeinander. Jetzt laut zu lachen war wahrscheinlich nicht die erwachsenste Reaktion, aber ... *oh mein Gott!* Es dauerte eine ganze Minute, bis sie wieder sprechen konnte.

„Ich nehme an, das war ein Satellitentelefon?" Sie war stolz darauf, wie ruhig sie klang. Nicht am Rande eines hysterischen Anfalls oder so.

„Ähm, ja. Damit hätten wir Shaun zurückrufen können, falls du nicht bleiben willst."

Pam schloss die Augen und zählte bis zehn. Ein Fehler hob den anderen nicht auf, aber es schien, als wären sie jetzt durch seinen Fehler und ihren Fehler hier gestrandet.

„Das war unser einziges Telefon?"

„Jupp."

Seine ehrliche Antwort amüsierte sie wahnsinnig, und plötzlich war der größte Teil ihrer Aufregung verflogen. „Ich bin wütend auf dich. Versteh mich nicht falsch, ich habe immer noch vor, mich an dir zu rächen. Aber irgendwie ist es süß, dass du mich hierher gebrachthast. Psycho, aber süß."

„Verdreht und süß. Damit kann ich leben." Er warf ihr einen äußerst entwaffnenden Hündchenblick zu, und sie biss sich auf die Lippe, um nicht zu lachen.

Er öffnete die Tür und bedeutete ihr, vor ihm einzutreten.

Sie nahm sich ihren Rucksack, und unter ihren Füßen knirschten ein paar Plastikstücke des Satellitenhandys, als sie eintrat. Die Hütte war hell und fröhlich und größer, als sie erwartet hatte. Der offene Teil beherbergte einen Wohnbereich mit einer Miniküche auf der einen Seite und einem schönen Steinkamin an der gegenüberliegenden Wand.

Am hinteren Ende lagen zwei Türen, und nachdem sie ihren Rucksack abgestellt hatte, warf sie einen Blick hinter die erste und fand dort ein Schlafzimmer. Verdammt, das war auch kein französisches Bett, sondern ein übergroßes, überlanges Doppelbett.

„Ich muss ein paar Sachen draußen erledigen. Sieh dich um und mach es dir bequem." TJ verschwand schnell, und sie seufzte tief.

Heilige Scheiße, sie saßen hier fest. Sie sollte wirklich wütend sein. Wie konnte ein Mann heutzutage denken, dass es in Ordnung war, eine Frau ohne Erlaubnis irgendwohin zu verschleppen?

Doch als sie durch die Hütte ging, war sie nicht wirklich wütend. Sie hatte ein Abenteuer erleben wollen, und die Anmeldung für die Tour war eher Maggies Idee als ihre eigene gewesen.

Außerdem war es zumindest zum Teil ihre Schuld, dass sie hier festsaßen, weil sie auf der Treppe überreagiert hatte. *Oh Gott!* Sie lachte über sich selbst und schüttelte den Kopf, während sie durch die Hütte ging. Das – erzwungene Einsamkeit – war das, was sie jetzt wirklich wollte. Hinzu kam die Tatsache, dass TJ, der Junge, der sie anmachte, ohne es zu versuchen, derjenige war, mit dem sie hier war?

Sie starrte erneut auf das riesige Bett. Okay. Sie war vielleicht diejenige, die den Verstand verloren hatte, aber das könnte tatsächlich eine Menge Spaß machen.

Natürlich hatte sie immer noch vor, ihn leiden zu lassen. Sie sollte in der Lage sein, ein paar Rückenmassagen, vielleicht sogar eine Fußmassage, von ihm zu bekommen, wenn er sich schuldig genug fühlte.

Sie entdeckte einen Besen in der Ecke und schwang ihn ein paarmal, aber da war nichts unter ihren Füßen, was dort nicht sein sollte. Sie überprüfte die Schränke, sah unter dem Bett nach ... kein Staub, keine Spur von Mäusen. Die Schränke waren voll mit Trockengut und Snacks. Es war die sauberste Hütte, die sie je gesehen hatte. Wenn sie ehrlich war, war sie sogar sauberer als ihre Wohnung, seit Maggie ausgezogen war.

Als sie schwere Schritte auf den Verandabrettern hörte, eilte sie aus dem Schlafzimmer, um zu sehen, wie TJ ins Wohnzimmer kam, die Arme um eine Papiertüte geschlungen. Er beobachtete sie genau, und sie seufzte.

„Ich werde dir nicht die gusseiserne Bratpfanne, die ich gefunden habe, über den Schädel ziehen, falls du dir darüber Sorgen machst.“

Er schmunzelte. „Gut, denn die brauchen wir, um

Frühstück zu machen, und Pancakes lassen sich in Pfannen ohne Dellen besser braten."

Sie lachte. „Okay, wir werden später ausführlicher über die Entführung sprechen. Kann ich dir helfen, irgendwas wegzuräumen?"

Der Boden der Papiertüte, die er hielt, riss, und der Inhalt fiel als Lawine zu Boden. Sie versuchten beide, Gegenstände aufzufangen, aber am Ende landete das meiste davon auf einem Haufen vor ihren Füßen. Sie bückte sich, um beim Einsammeln der Duftkerzen, der Pralinen, des Massageöls und der extragroßen Schachtel Kondome zu helfen ...

Ihr wurde heiß, als sie sie hochhielt und in sein leuchtend rotes Gesicht starrte. „Hast du irgendwas geplant?"

Er schluckte ein paarmal nervös. „Nur, wenn du willst."

Guter Gott! Sie musste ein wenig Kontrolle zurückgewinnen, und die Tatsache, dass sie die Beweise dafür, was sehr bald passieren könnte, in der Hand hielt, machte es nicht leichter. Sie trat zurück. „Ich denke ... ich brauche ein bisschen frische Luft."

„Warum lässt du mich nicht saubermachen und den Kram wegräumen? Du kannst ..."

„Ich gehe mir den See anschauen ..."

Sie sprachen gleichzeitig. Es war zu viel, also floh sie und rannte aus der Tür dorthin, wo die Abendbrise über das Wasser wehte.

Noch zwei Sekunden, und sie hätten eines der Kondome gebraucht.

Der Weg direkt vor der Hütte führte sie zu einem kleinen Steg, der über das Wasser ragte. Sie zog ihre Schuhe aus und ließ ihre Füße im kalten Wasser baumeln.

Sie arbeitete hart, nahm sich aber auch Zeit für sich,

und dieser Mangel an Kontrolle war nicht das, was ihr in ihrem Leben gefiel. Sie hatte vor langer Zeit geschworen, dass sie immer diejenige sein würde, die das Sagen hatte. Und doch war sie hier, weit außerhalb ihrer Komfortzone, und das Gefühl, das ihr den Rücken hinaufkroch, war weder Angst noch Unbehagen, sondern Freude.

Warum?

Pam legte sich auf dem Steg zurück und schloss die Augen. Das Sonnenlicht fiel ihr ins Gesicht, und die schwindende Wärme reichte immer noch aus, um ihr zu helfen, sich zu entspannen. Sie saß eine Woche lang hier fest. Sie würde auf keinen Fall so dumm sein, zu versuchen, allein aus der Wildnis rauszukommen, also hatte sie zwei Möglichkeiten: über die Situation zu jammern oder mit beiden Füßen hineinspringen. Sich mit dem Typen amüsieren und die Erinnerungen mitnehmen, wenn sie ging.

Sie brauchte jetzt sowieso eine Auszeit. Da ihr Partner in den Ruhestand gegangen war, musste sie einen neuen ausbilden, und ihr stand ein Monat Urlaub bevor. Zeit, sich neue Ziele für ihr Leben zu setzen. Sie war sechsundzwanzig und hatte das Gefühl, vielleicht für immer allein zu sein.

Aber nicht diese Woche. Ob er es bemerkte oder nicht, TJ war ihr genau in dem Moment begegnet, als sie es am meisten brauchte. Sie setzte sich auf und trat ins Wasser und ließ es spritzen. Das Leben sollte genossen werden, und sie hatte fest vor, es diese Woche in vollen Zügen zu genießen.

Die Sonne, die bald hinter dem Berggipfel verschwinden würde, warf lange Schatten über den See, und sie atmete die klare Luft ein. Es war definitiv ein Ort, um ein paar Erinnerungen zu schaffen.

~

TJ BEOBACHTETE SIE, während sein Wolf ihn dazu drängte, zu ihr zu gehen. Sie schien so klein und allein zu sein, als sie auf dem Steg saß, und er hatte ein wenig Angst, damit ein bisschen übertrieben zu haben, sie hierherzubringen. Hoffentlich würden die nächsten Tage ausreichen, um sie davon zu überzeugen, dass er jemand für die Ewigkeit war.

Als sie den Kopf zurückwarf und lachte und planschte wie ein Kind, musste er den Wunsch unterdrücken, zu ihr zu laufen und mitzumachen.

Sein ganzes Leben lang hatte er sich danach gesehnt, die Art von Verbindung zu haben, die er bei anderen Rudelmitgliedern gesehen hatte. Wie das funktionieren würde, wenn er ein Wolf und sie ein Mensch war, wusste er immer noch nicht, aber es gab niemanden sonst, der bei ihm jemals dieses Gefühl ausgelöst hatte.

Das Zu-Kreuze-kriechen würde gleich beginnen.

Er näherte sich langsam, aber sie hörte ihn. Sie drehte ihren Körper, zog ihre Beine an und schlang die Arme um ihre Knie. Sie lächelte ihn an und die Wärme traf ihn wie ein Holzbrett gegen die Stirn.

„Hast du Hunger?", fragte er.

Sie nickte. „Übrigens, willst du mir sagen, wo wir sind?"

„Nordwestlich von Haines Junction, an einem der nördlichen Arme des Kluane Lake. Die Hütte gehört einem Freund, aber er und seine Frau sind in den Süden gefahren, um ihre Familie zu besuchen."

„Wie hast du alles hierher bekommen? Ich meine, es ist sauber, und ich habe nicht gesehen, dass irgendwas fehlt."

„Shaun, der Pilot. Er war hier, hat alles aufgestockt und saubergemacht."

Der Anflug von Schalk, der ihr Gesicht erhellte, war ein wenig beängstigend. „Und du scheinst selbst auch ein paar Vorräte mitgebracht zu haben."

Er hustete. „Was die angeht ... ich wollte keine Vermutungen anstellen, und es liegt ganz an dir, ob wir ..."

Pam stand auf und streckte sich, und ihm lief das Wasser im Mund zusammen. Ihre Brüste zeichneten sich unter der Vorderseite ihres T-Shirts ab, die Muskeln ihrer Arme reflektierten das warme Licht der untergehenden Sonne. Sie trat auf ihn zu.

„Du solltest auch keine Vermutungen anstellen, aber ich mag dich. Ich bin selbst ziemlich interessiert, wie du wahrscheinlich nach gestern Abend weißt. Sei also nicht so schüchtern, und hör auf, um den heißen Brei herumzureden. Willst du mich?"

Guter Gott! „Mehr, als du vielleicht ahnen kannst."

Sie leckte sich die Lippen, während sie ihn musterte. „Sieht so aus, als ob uns eine interessante Woche bevorsteht. Was deine Liste mit Aktivitäten angeht? Ich würde gern sehen, was du geplant hast. Ich möchte den Norden erleben, und dabei wirst du mir helfen, oder?"

Oh ja, er würde ihr alles geben, was sie wollte.

Er streckte seine Hand aus. „Zuerst Abendessen? Dann planen wir morgen?"

Sie verflocht ihre Finger mit seinen und hielt sie fest.

Der Abwasch war erledigt, das Feuer knisterte im Kamin, und TJ konnte seine Augen nicht von ihr lassen.

„Danke für das Abendessen."

Er schnaubte. „Ich hätte dich warnen sollen, ich bin kein so guter Koch."

„Hey, Mac and Cheese mit so viel Ketchup, wie ich will? Was braucht man mehr?" Sie hielt ihm ihr Weinglas entgegen, und er füllte es nach. „Dein Kumpel Shaun hat mit den Vorräten gute Arbeit geleistet."

Er starrte sie noch etwas länger an. Der sanfte Schwung ihrer Wange, die Art und Weise, wie ihr Haar über ihre Haut hing und im Licht glänzte. Sie war wunderschön, und er sehnte sich nach ihr.

„Willst du ein Spiel spielen?" Er brauchte etwas, um sich davon abzulenken, sie ausziehen und sich in ihrem Körper vergraben zu wollen, bevor sie dazu bereit war. Ihr Duft lag schwer im Raum, und er musste sich sehr konzentrieren, um nicht zu sabbern.

„Ein Spiel? Sicher." Sie stellte ihr Weinglas ab und kroch auf seinen Schoß, und er hätte fast seine Zunge verschluckt.

„Was ... was machst du?" *Heilige Scheiße!* Sie knöpfte den oberen Teil seines Hemdes auf und beugte sich vor, um ihm einen Kuss auf den Hals zu drücken.

„Ich versuche zu entscheiden, welches Spiel ich spielen soll."

Es war schwer zu hören, da das Blut auf dem Weg von seinem Gehirn an seinen Ohren vorbeirauschte, um sich in südlicheren Regionen zu sammeln. Als sie sich aufsetzte und ihr T-Shirt auszog, kniff er die Augen zu und schob seine Finger durch die Gürtelschlaufen ihrer Shorts. Er würde sie nicht drängen. Sie konnte das Tempo bestimmen.

„Hmm, ich würde Strip-Poker sagen, aber ich bin wirklich schlecht im Kartenspielen, also würde das nicht lange gehen." Er wagte nicht, seinen Blick zu senken, aber ihre Hände waren wieder auf ihm. Sie öffnete den Rest seiner Knöpfe und streifte ihm das Hemd von den Schultern.

Er beugte sich vor, damit sie ihm das Hemd ganz ausziehen konnte, und seine Brust berührte ihre Brüste. Ihre heißen, nackten Brüste.

Er riss die Augen auf. „Oh, guter Gott, du bringst mich um."

„Wie kommst du darauf?" Sie legte ihre Hände auf ihre Brüste, rollte ihre Brustwarzen zwischen Daumen und Zeigefinger, und Sterne tanzten vor seinen Augen.

„Pam, bist du sicher? Wir müssen das nicht tun, nicht heute Abend."

Das war nicht er, der da sprach. Ein Fremder hatte Besitz von ihm ergriffen. *Er* würde sie berühren, ihre Haut streicheln und die blassrosa Kreise ihrer Brustwarzen lecken. Er wäre nicht dumm genug, zu versuchen, sie zu bremsen oder Gott bewahre, daran zu hindern, sich ein Stück aufzurichten und ihre Brustwarze mit seinen Lippen in Kontakt zu bringen.

Nur einmal kosten. Er leckte, und die Spitze richtete sich unter seiner Zunge auf. Ihr Geschmack durchströmte ihn, berauschend und vollmundig. Er schloss seine Lippen und saugte.

„Ja. Oh ja." Pam fuhr mit ihren Fingern durch sein Haar und hielt ihn fest, und der Zug ließ sich nicht mehr aufhalten. Er wechselte von einer Seite zur anderen und genoss ihren Körper. Das Knistern des Feuers wurde übertönt, als ihr Stöhnen lauter wurde. Sie war laut und sagte, was sie wollte, und obwohl es ihm nie schwergefallen war, Frauen im Bett glücklich zu machen, war es für ihn ein umwerfendes Gefühl, zu wissen, was seine Partnerin anmachte.

Er packte ihren Po, stand auf und ging in Richtung Schlafzimmer, während sie sich an seine Lippen klammerte. Im Blindflug stieß er ein paarmal gegen den

Türrahmen, bis er es hindurch schaffte und die Bettkante erreichte. Er ließ sie auf die feste Oberfläche sinken und trat einen Schritt zurück, um sie anzustarren.

Ihr dunkles Haar floss auf die helle Bettdecke, ihre Lippen waren feucht und rot von ihren Küssen, ihr nackter Oberkörper einladend. Sie öffnete den Knopf ihrer Hose und zog den Reißverschluss herunter, und er konnte kaum noch atmen. Konnte kaum denken, als sie ihre Shorts und ihr Höschen auszog.

Nackt.

Wartend.

Sein Wolf heulte vor Freude. Seine Gefährtin wollte ihn. Wartete auf ihn. Er trat näher und ging auf die Knie. Eine entschlossene Bewegung brachte ihre Hüften an das Ende der Matratze. Er spreizte ihre Beine und küsste sie.

Sie lachte, und es wurde schnell zu einem Stöhnen, als er seine Zunge streckte und entlang ihrer Schamlippen leckte, ihre Locken teilte und sie nass und bereit für ihn fand.

Sein Schwanz schmerzte hinter seiner Kleidung, aber er war froh über die Ablenkung. Er wollte das zu etwas Besonderem für sie machen. Ihr erstes gemeinsames Mal, das erste Mal ihres Für-immer. Er kostete sie erneut, genoss ihr Keuchen und das gehauchte Stöhnen, das aus ihrer Kehle kam, während er seine Zunge um ihre Klitoris kreisen ließ.

Als er einen Finger in ihre Öffnung schob und gleichzeitig saugte, schrie sie auf und kam. Ihr Körper reagierte viel zu schnell. Es war nicht genug, bei Weitem nicht genug Spaß.

Er weigerte sich aufzuhören und hielt sie fest, als sie sich wand. Eine Hand hielt ihr Becken, während er weiter leckte und saugte, zwei Finger in sie pumpte und ihre Scham massierte.

„Du treibst mich in den Wahnsinn. Zu sensibel, zu viel."

Er hob den Kopf, um den Anblick zu genießen. Ihre Wangen waren gerötet, ihre Augen glasig. Sie holte tief und zitternd Luft, und sein Herz schwoll an. Diese Reaktion hatte er ausgelöst. Mit dem, was er mit ihr tat.

„Nie genug. Ich möchte, dass du gleich nochmal kommst, bevor ich in dir versinke. Ich meine, bevor es nicht meine Finger sind, die dich ausfüllen, sondern mein Schwanz."

Sie kniff die Augen zusammen und zischte. Ihre Pussy war nass, und die intimen Geräusche seiner Fingerstöße lagen in der Luft. Als sie diesmal kam, seufzte sie zufrieden, und er ließ seinen Kopf auf ihren Bauch sinken. Er erschauerte vor Befriedigung, die es ihm bereitete, seiner Gefährtin zu gefallen.

Er bewegte seine Finger langsamer und streichelte sanft den Eingang zu ihrem Körper. Umkreiste das sensible Gewebe, während sie unter ihm zuckte. Dann stand er auf und legte sich zu ihr, küsste sie zärtlich und rollte sie zur Seite, während sie ihre Hände in seinen Haaren vergrub.

Lange atemlose Augenblicke später zog sie sich zurück, streichelte seine Wange und ließ ihren Blick über sein Gesicht schweifen.

„Danke, das war großartig."

„Wir sind noch nicht fertig." Er senkte den Kopf und nahm wieder ihre Lippen. Er konnte nicht genug von ihrem Mund bekommen, ihr Duft und ihr Geschmack füllten seinen Verstand und machten ihn verrückt. Sie zog an seiner Hose, schob den Stoff über seine Hüften und streichelte mit ihren weichen Händen die nackte Haut seines Pos. Sein Schwanz berührte ihr warmes Bein, und er schauderte und kämpfte um Kontrolle.

„Komm hoch", flüsterte sie, und dann, gute Güte, hatte sie ihre Hände auf seinem Schwanz, und er wollte sterben. Er schmiegte sein Gesicht an ihren Hals und saugte jedes Gefühl auf – den Duft ihrer Haut, das schmerzende Verlangen in seinen Hoden, als sie irgendwie von irgendwoher ein Kondom über seinen Schaft rollte.

Er wünschte, das verdammte Ding wäre eine Million Meilen entfernt. Er wollte seine Gefährtin Haut an Haut haben. Musste ihre Nässe um ihn herum spüren. Ihre Wärme, die ihn einhüllte, aber er hatte gewusst, dass das nicht funktionieren würde. Dann also mit Kondom, und obwohl er sich nach dem sehnte, was er nicht haben konnte, bewegte sie sich unter ihm, spreizte ihre Beine, und die Spitze seines Schwanzes drang in ihre Pussy ein.

„Nimm mich!" Pam bog sich ihm entgegen, und er rutschte ein Stück weiter hinein.

Mit Vergnügen. Er drang langsam in sie ein und genoss das Gefühl, wie sie ihn aufnahm, bis er bis zum Anschlag begraben war. Sie war eng und feucht und verdammt nochmal, nichts hatte sich jemals zuvor so angefühlt.

Er starrte in ihre großen braunen Augen, auf seine Ellbogen gestützt, einer auf jeder Seite von ihr, ihre Körper miteinander verbunden, ein langsamer und verführerischer Tanz der Lust. Der Anflug eines Lächelns zupfte an ihrem Mundwinkel, und er küsste ihn. Er verteilte Küsse über ihre Wange und zu ihrem Hals. Er wollte sie so gern beißen, dass sein Zahnfleisch schmerzte.

Er wollte sie als seine markieren und dafür sorgen, dass er, egal was passierte, diese Verbindung zu ihr haben würde, aber er konnte nicht. Erst, wenn sie alles wusste.

Irgendwann fand er die Kraft, nur ihre Halsschlagader zu lecken, und ignorierte dabei den pochenden Puls unter seinem Mund. Er konzentrierte sich darauf, seinen Schwanz in ihren süßen Körper hineinzustoßen und wieder herauszuziehen.

Pam schlang ihre Beine um ihn, und beim nächsten Stoß sank er noch etwas tiefer, und sie gab einen gedämpften Laut von sich, bei dem sich seine Hoden zusammenzogen.

„So gut. Oh ja, genau da." Sie fluchte ein paarmal, und er lachte.

„Was ist gut, das?" Er glitt über ihre Klitoris. Sie musste von seinen früheren Liebkosungen empfindlich gewesen sein, und sie verdrehte ein wenig die Augen. „Ja, das habe ich mir gedacht."

„Schneller!", forderte sie und drückte ihre Füße gegen seinen Po.

Er schmunzelte und ließ sich auf ihr nieder, um an ihren Brustwarzen zu saugen, wobei er mit seinen Zähnen daran knabberte und die harten Spitzen mit seiner Zunge beruhigte. „Langsamer."

Er wurde von der Hüfte abwärts taub, was die ganze Situation zusammen mit der Verwirrung, die sie auslöste, ein wenig neblig und surreal erscheinen ließ. Er wollte nicht, dass es aufhörte, wollte nicht schneller werden, aber der prickelnde Schmerz in seiner Wirbelsäule warnte ihn, dass er nicht ewig durchhalten würde. Er küsste sie erneut, ergriff von ihrem Mund Besitz und lenkte ihre Aufmerksamkeit auf sich. Er tauchte so tief wie möglich in sie ein und drückte sie so fest gegen das Bett, dass es quietschte. Ihr Atem strömte an seiner Wange vorbei, als er eine Hand zwischen sie schob.

„Komm nochmal für mich. Einmal noch. Drück mich

mit deiner süßen Pussy, bis ich es nicht mehr ertragen kann."

Er rieb im Takt seiner Stöße ihre Klitoris. Pam umklammerte seinen Hals mit einem Todesgriff, und als sie vor Lust stöhnte, schloss er die Augen und rammte in sie hinein. Immer wieder, während ihr Körper ihn umklammerte, und Wellen um ihn herum zuckten. Er hielt seine Kontrolle am seidenen Faden fest. Dann wanderten ihr heißer Mund und ihre suchenden Lippen zu seinem Hals, und sie biss ihn.

Da explodierte er in ihre Tiefen.

6

Tut mir leid, Leute, ich habe aus Jared nichts Nützliches rausbekommen. TJ war sehr clever – er hat Jared nur gesagt, dass er seinen Urlaub ein bisschen früher antreten und die Tour nicht im Stich lassen wolle. Darum hat er Jared gefragt, ob er ein paar Tage einspringen könnte. Mehr weiß er nicht.

Findet Shaun! Er ist derjenige, der sie abgeholt hat. Seht in der Granite Lake-Hütte nach, und da, wo er üblicherweise rumhängt. Ich sitze hier mit der Tour fest. Wenn ich diesen Jungen finde, werde ich ihm bei lebendigem Leib die Haut abziehen. Robyn, du hast gesagt, du wolltest einen neuen Teppich fürs Wohnzimmer, oder?

Kyle

~

Glückseligkeit.

Warum hatte sie das noch nie zuvor gemacht? Die dekadente Verehrung eines etwas jüngeren

Mannes war unglaublich. Da war sie mit älteren Männern ausgegangen und hatte gedacht, dass sie sich mit den erogenen Zonen eines Mädchens besser auskennen würden, wenn sie reifer wären, aber TJ?

Whoa Nelly, der Junge hatte talentierte Finger.

Selbst jetzt nutzte er sie zu ihrem besten Vorteil. Die letzte Nacht war umwerfend gewesen, und sie konnte sich nicht mehr genau daran erinnern, wann sie eingeschlafen war. Irgendwann zwischen dem dritten und vierten Mal war alles verschwommen geworden, aber die Bewegung seiner Hände über ihren Rücken, als er heute Morgen ihren nackten Körper massiert hatte, die hatte sie deutlich gespürt.

Glückseligkeit.

Oder hatte sie das schon gedacht?

Er drückte fester zu, seine Daumen sanken in die angespannten Muskeln ihres unteren Rückens, und sie stöhnte. „Oh ja, genau da."

„Hmm, Dornröschen erwacht. Ich meine mich zu erinnern, dass du das letzte Nacht oft gesagt hast."

„Oh ja?"

„Und *genau da*. Du sagst im Bett, was dir gefällt. Das gefällt *mir*." Er küsste sie auf die Wange und legte sich neben sie, wobei die Wärme seiner nackten Haut sie anstelle der Decke einhüllte.

„Ich sehe keinen Grund, schüchtern zu sein."

Er beobachtete sie mit dem seltsamsten Gesichtsausdruck.

Sie stützte sich auf einen Ellbogen. „Was?"

„Wie fühlst du dich?"

„Gut durchgefickt."

Er runzelte die Stirn und starrte sie einen Moment lang schweigend an.

„Sollte ich was anderes fühlen? Du bist ein wirklich guter Liebhaber, TJ. Ich bin wunschlos glücklich, oder ich wäre es, wenn du mit dem weitermachen würdest, was du gerade angefangen hast." Sie bemerkte ein Aufblitzen von Traurigkeit in seinen Augen, aber so neugierig es sie auch machte, tiefe Selbstbeobachtung vor dem Zähneputzen war nicht drin. „Hey, hast du mir nicht gesagt, dass es hier eine Dusche gibt?"

Er küsste ihre Nase, bevor er sich aufsetzte und seine magische Berührung an ihrem Körper fortsetzte.

„Zuerst massiere ich dich. Du kannst duschen, während ich Frühstück mache. Wir haben hier einen Durchlauferhitzer, und ich habe gestern Abend die Pumpe eingeschaltet. Mit einem See voller Wasser und dem Propangasgenerator kannst du so lange duschen, wie du willst."

„Diese Hütte ist bei Weitem nicht so rustikal, wie sie auf den ersten Blick scheint."

„Nur das Beste für dich."

Sie lachte. „Ich bin so froh, dass du an meinen Komfort gedacht hast, als du mich verschleppt hast." Sie lehnte sich zurück, um zu genießen, was der Tag bringen würde.

Sie saßen mit Blick auf den See, während ein köstliches Gefühl der Müdigkeit auf ihren Gliedmaßen lag. Private Ausflüge von *Kidnappers R Us* waren erstklassig. „Abgesehen davon, dass ich dich vorwarne, dass ich das Kochen übernehmen werde, war dieser Tag unglaublich. Das Kanufahren war toll, und die Wanderung zum Aussichtspunkt war großartig."

„Tut mir leid wegen der gegrillten Käsesandwiches zum Mittagessen."

„Hey, ein bisschen Kohlenstoff soll doch gut für den Körper sein, oder? Soll reinigend wirken."

TJ lächelte sie an, als er ihr Haar berührte. Das hatte er den ganzen Tag schon gemacht. Ihre Wange gestreichelt und ihre Hand gehalten. Auch wenn er sich ein bisschen wie ein seltsamer Stalker verhielt, konnte sie sich nicht dazu bringen, Bedenken zu haben. Es war alles so unschuldig und zärtlich.

„Ich bin sehr dankbar, dass du so viel Verständnis hattest, wegen ... na ja ..."

„Der Entführung? Vergiss es. Ich habe versucht, mich aufzuregen, aber irgendwann, ungefähr beim fünfzehnten Orgasmus, war meine Fähigkeit, auszuflippen – puff! – verschwunden."

„So oft bist du noch gar nicht gekommen."

Sie lachte leise. „Na, dann solltest du dich wohl besser an die Arbeit machen, nicht wahr?"

Er kam näher, legte einen Arm um sie und ließ sie sich an ihn lehnen. „Heute Abend. Jetzt genieß die Aussicht. Ich weiß, ich tue es auf jeden Fall."

„Du siehst dich nicht einmal um." Pam wurde rot. Der Mann schien sie nie aus den Augen zu lassen. „Du starrst schon wieder."

„Ich weiß."

„Das ist ziemlich schmeichelhaft."

TJ zog ihren Kopf an seine Brust, und sie entspannte sich und ließ sich von ihm stützen, während sie zusahen, wie die Sonne sich dem Gipfel des Berges näherte. Unter ihrem Ohr pochte sein Herz gleichmäßig, der ruhige Schlag wiegte sie in einen trägen Zustand.

„Könntest du dir vorstellen, im Norden zu leben?", fragte er.

Sie hatte darüber nachgedacht, aber ein Umzug war nicht drin. „Es ist schön hier, aber mein Job ist im Süden. Ich muss mich darauf vorbereiten, einen neuen Partner auszubilden."

„Partner?"

„RCMP, erinnerst du dich? Mein Partner ist in den Ruhestand gegangen und ich muss den Prozess von vorn anfangen." Sie seufzte. „Damon war großartig. Ich vermisse ihn sehr."

Ein seltsamer, erstickender Husten erschütterte TJ. „Damon?"

„Ja. Wir waren unzertrennlich. Selbst die kältesten Nächte waren in Ordnung, weil er mich immer gewärmt hat." TJ spannte sich unter ihr an, und Pam drehte sich zu ihm um. Sein Gesicht war leuchtend rot, und seine Lippen bewegten sich, aber es kam kein Ton heraus. „Bist du okay?"

Er schüttelte den Kopf und räusperte sich ein paarmal. „Wird schon. Ich habe noch nie erlebt, dass mir eine Frau so von einem alten Liebhaber erzählt hat, während wir ..."

„Liebhaber?" *Was zum ...? Oh, Scheiße!* Sie prustete vor Lachen. Als sie die Kontrolle wiedererlangt hatte, tat ihr der Bauch weh, und sie rang nach Luft.

Es half auch nicht, dass sein Gesichtsausdruck sie jedes Mal wieder zum Lachen brachte, wenn sie TJ ansah.

„Tut mir leid ... ich wollte nicht unhöflich sein. Oh mein Gott, du musst Witze machen. Du wusstest es nicht? Damon war mein Partner, aber er ist ein Hund."

„Wer's glaubt."

„Nein, im Ernst, er ist ein Deutscher Schäferhund. Ich bin Hundeführerin bei der Royal Canadian Mounted

Police. Ich bin in der Drogenfahndung, und bei Bedarf springe ich im Such- und Rettungsdienst ein."

„Du bist Hundeführerin?" Er ließ sich wieder auf die Decke fallen, die Arme zur Seite ausgestreckt. „Oh Mann, das werden sie mir ewig aufs Brot schmieren."

Pam kroch näher und legte ihren Kopf auf seine Brust. Die Position hatte etwas sehr Angenehmes. „Ich weiß, es ist ein bisschen überraschend, aber ich bin mir nicht sicher, warum du das für so seltsam hältst. Es war eine großartige Möglichkeit, als Mountie zu arbeiten und dabei Spaß an der Arbeit mit Tieren zu haben. Ich hatte überlegt, Tiermedizin zu studieren, aber aus dem einen oder anderen Grund hat das nicht geklappt."

TJ rollte sie herum, beugte sich zu ihr vor und schmiegte sich an ihren Hals, und die wachsende Vorfreude, die sie in seiner Gegenwart spürte, erfasste sie erneut. Er sprach leise, der Hauch von Luft von seinen Lippen neckte ihr Ohr. „Ich denke, es ist ein fantastischer Job, und ich wette, du bist absolut großartig darin. Alle Hunde müssen darum wetteifern, dich als Partnerin zu bekommen."

„Scherzkeks!"

„Ich sag' ja nur ..."

Sie lachte und gähnte plötzlich heftig. Was für ein toller Tag. TJ vergrub seine Finger in ihren Haaren, um sie zu streicheln, und sie schlang ihre Arme um seinen Hals, um ihn zu ermutigen, näherzukommen.

Er verstand die Aufforderung und küsste sie. Langsam und gründlich. Verdammt, er schmeckte gut. Es war, als wüsste er genau, in welcher Stimmung sie war. Müde von ihrem anstrengenden Tag fühlte sie sich verträumt und zärtlich, und so küsste er sie.

Er zog sich zurück, und seine Augen funkelten, die

dunklen Iriden hypnotisierend. „So angenehm das auch ist, ich muss nachsehen, ob ich das Kanu richtig vertäut habe. Ich habe so den Verdacht, dass ich es vergessen habe, und ich will morgen nicht schwimmen gehen müssen, um es zu finden."

„Soll ich mitkommen?"

„Du kannst mitkommen oder hierbleiben. Dauert nur eine Minute."

Sie winkte ab, als sie erneut gähnen musste. Sie ließ sich wieder auf die Decke sinken. Oh ja, sie war total begeistert von diesem Urlaub. Noch sechs Tage? Sie sollten über eine Verlängerung nachdenken.

Sie bedeckte ihre Augen mit ihrem Arm und atmete tief ein. Die saubere Luft füllte ihre Lungen mit frischer Energie. Sie fragte sich, welche neuen Spiele sie heute Abend ausprobieren könnten. Vielleicht Liebe vor dem Feuer machen?

Etwas im Innern horchte auf. Seit wann nannte sie es Liebe machen? Sex war Sex. Man kümmerte sich um seinen Partner, hatte Spaß und zog dann weiter.

Ein Rascheln in den nahegelegenen Bäumen brachte sie dazu, sich aufzusetzen, und sie sah sich nach der Quelle des Geräuschs um. Sie hatten noch keine Wildtiere gesehen, und das hoffte sie zu ändern, bevor sie nach Hause ging.

Sie stand auf, um besser sehen zu können. Die unteren Äste eines Buschs wackelten. Etwas Kleines. Sie hörte Schnuppern und zögerte.

Das klang nicht nach einem Reh, einem Karibu oder einem anderen vierbeinigen Vegetarier. Der Kopf, der aus dem Wald auftauchte, war braun mit grauen Streifen. Eine tellergroße Pfote folgte der anderen, und Pam erstarrte vor Angst.

Ein Bär!

Oh mein Gott, was sollte sie tun? Sie zerbrach sich den Kopf über die Trainingseinheit, die sie zum Thema Bärenbegegnungen absolviert hatte, aber die war schon lange her. *Nicht bewegen. Er kann mich nicht sehen, wenn ich mich nicht bewege.*

Nein, warte – das machte man bei einem T-Rex.

Zwischen ihr und dem Bären war immer noch ein ziemlicher Abstand, also machte sie einen vorsichtigen Schritt zurück. Das Tier wandte den Kopf in ihre Richtung und schnupperte wieder.

Pam biss die Zähne zusammen, damit sie nicht klapperten.

Das Tier stellte sich auf die Hinterbeine und schnupperte in der Luft. Es schnaubte zweimal in ihre Richtung.

Sie zog sich einen weiteren Schritt zurück und sagte leise. „Geh weg. Ich bin ein Mensch. Ich bin überhaupt nicht interessant. Oh verdammt, *verdammt, verdammt*, TJ, das ist eine ungünstige Zeit, um spazieren zu gehen." Einen verstohlenen Blick über die Schulter zu werfen, um zu sehen, ob am See etwas los war, reizte sie, aber dazu hätte sie den Blick vom Bären abwenden müssen, und *das* war nicht drin.

Das Tier zögerte, sein Oberkörper schwankte einen Moment lang von einer Seite zur anderen, bevor es sich plötzlich auf alle viere fallen ließ und mit einem nervenaufreibenden Knurren auf sie zustürzte. Sie schrie, und Adrenalin schoss durch ihre Adern.

Sie suchte verzweifelt nach einem Stock, einem Stein oder irgendetwas anderem, um sich zu verteidigen, aber sie hatte nichts zur Hand, und außerdem waren ihre Gliedmaßen vor Angst erstarrt.

Ein Blitz aus silbernem Fell schoss von hinten an ihr vorbei. Sie stolperte zurück und fluchte, als sie einen hundeähnlichen Körper sah, der auf den Bären zuschoss. Ihr Angreifer blieb abrupt stehen und knurrte, wobei er mit den Zähnen knirschte, bevor er herumwirbelte.

Mit krachenden Ästen verschwand er im Unterholz, dicht gefolgt von dem Wolf. Lautes Geheul hallte durch den Wald, als ihr Beschützer an der Baumgrenze stehen blieb, bevor er zurückkam, um sich ein Stück von ihren Füßen entfernt niederzulassen.

Pam schlang ihre Arme um sich selbst, um zu verhindern, dass das Zittern überhandnahm, während sie das Tier anstarrte.

Wie in aller Welt?

„Wolfi?"

7

Kyle

*Die Granite Lake-Hütte ist leer. Auch keine Spur von ihnen
in einem der Sommerretreats des Rudels. Wir haben sogar
die Hütten entlang der Fallenroute des Oldtimers überprüft
und nichts gefunden. Was Shaun angeht, er hat einen
Versorgungsflug nach Norden nach Old Crow gemacht,
dann den Heli geparkt und gesagt, er würde eine Woche
Urlaub machen. Die Einheimischen haben gesehen, wie er
mit einem Rucksack in die Wildnis gegangen ist. Sieht so
aus, als ob er der Einzige ist, der weiß, wo Pam und TJ sind,
und er hat dafür gesorgt, dass kein Alpha ihn kontaktieren
und ihm befehlen kann, zu verraten, wo sie sind.*

*Ich habe herausgefunden, dass ein paar der Singles im Rudel
ein Essenspaket für TJ zusammengestellt haben. Scheint, als
hatte er alle seine Kumpels um einen Gefallen gebeten. Sie
können nur sagen, dass TJ sie um Hilfe gebeten hat und
niemand hat Nein gesagt.*

Übrigens, Maggie hat geschrieben. Sie sagt, dass du dir keine Sorgen machen musst, dass Pam uns verklagt, aber du wirst vielleicht keine Gelegenheit bekommen, TJ die Haut abzuziehen. Pam ist verdammt gut darin, ihre eigenen Züchtigungen auszuteilen. Erinnerst du dich, dass sie bei der RCMP ist? Du wirst dich totlachen, wenn du hörst, in welcher Abteilung sie arbeitet.

Robyn

~

Scheiße!
Scheiße!
Pam würde ihn auf jeden Fall umbringen. Und danach wollte Kyle ihm den Pelz abziehen und ihn zum Füttern von Mänteln benutzen.

Auf halbem Weg vom See zurück hatte er den Bären gesehen, der sich vor ihr aufbäumte. Wahrscheinlich wollte er nur herauszufinden, was sie war – Bären sahen nicht gut –, aber er war sich nicht sicher, ob Pam wusste, dass er wahrscheinlich einfach nur schnuppern wollte.

Und obwohl es keinen Grund für einen wirklichen Angriff gegeben hatte, konnte er nicht riskieren, dass sie es missverstand, wenn der Bär auf sie zu rannte. Sein Wolf hatte verlangt, dass er etwas unternahm, und ehe er sich versah, hatte er sich ausgezogen und gewandelt, um den alten Braunen davon zu überzeugen, sich auf den Weg zu anderen Büschen mit Beeren zu machen.

TJ ging langsam auf Pam zu, die sich verwirrt umsah. Sie rief ein paarmal seinen Namen. „TJ! Du Idiot, schwing deinen Arsch hierher!"

Sie war eine verdammte Hundeführerin. Wie sollte er mit ihr reden?

Zum millionsten Mal wünschte er sich, sie könnten Gefährten sein wie Vollblutwölfe. Dass er in ihren Gedanken sprechen und sie seine Stimme hören lassen könnte.

„Okay, du siehst aus wie der Wolf, den ich bei Maggie getroffen habe. Aber das ist unmöglich. Bleib!"

Er erstarrte. Alles, damit sie sich wohler fühlte.

„Scheiße, du solltest nicht ausgebildet sein. Wie bist du hierhergekommen? Komm!" Sie schnippte mit den Fingern, und TJ trottete an ihre Seite, während sie weiter laut seinen Namen in Richtung See rief.

Seine innere Debatte ging weiter. Wenn er in die Bäume rannte und sich hinter die Hütte zurückzog, konnte er wandeln und so tun, als wäre er die ganze Zeit dort gewesen. Allerdings würde das nur seine Abwesenheit erklären, nicht aber die Anwesenheit von „Wolfi", und es wäre eine Lüge.

Er wollte sie nicht anlügen. Wollte die Täuschung nicht aufrechterhalten. Es brannte ihm im Herzen, ihr alles zu erzählen, und als er ihr auf dem Weg zur Hütte folgte, traf er seine Entscheidung. Er wollte es ihr zeigen.

Vielleicht war es zu früh. Aber ... sie verstanden sich gut, oder? Sicherlich wäre es besser, jetzt ehrlich zu sein, anstatt später alles klarzustellen und sich die Lügen vorhalten zu lassen. Sie stieß die Tür auf und sah sich in der Hütte um.

„TJ, wo zum Teufel bist du?"

Er versperrte ihr den Weg, als sie die Hütte verlassen wollte, und stieß sie stattdessen in Richtung Sofa.

„Hör auf, ich muss TJ finden."

Er drückte sein Körpergewicht gegen ihre Beine, um sie

in die gewünschte Richtung zu bewegen, und plötzlich strahlte ein stechender Schmerz aus seinem Ohr, dann von seinem Hals, als sie ihn in den Würgegriff nahm.

„Bleiben!"

Okay, genug davon, dass sie ihn wie einen Hund herumkommandierte. Er zögerte ganze zwei Sekunden, bevor er wieder seine menschliche Gestalt annahm.

Pams Puls raste mit etwa zweihundert Schlägen pro Minute. Er war dorthin geschossen, als der Bär aufgetaucht war, und praktisch die ganze Zeit auf diesem Niveau geblieben, bis der verdammte Köter ihr den Weg versperrt hatte.

Fuck, sie musste aus dem Gebäude raus, und kein Tier würde sie aufhalten.

Natürlich hatte das Gefühl, als sich das Fell unter ihrem Ellbogen in menschliche Haut verwandelt hatte, und die Entdeckung, dass sie das Ohr eines nackten TJ zwickte, Auswirkungen auf ihren Blutdruck, von dem sie ziemlich sicher war, dass er gefährlich hoch war.

Sie ließ ihn los und stolperte zurück gegen die Tür.

TJ stand auf und trat von ihr weg, seine Hände auf beruhigende Art und Weise ausgestreckt.

„Was. Zum. Teufel. Ist. Gerade. Passiert?", rief sie.

Er schnitt eine Grimasse.

Okay, vielleicht war sie schmerzhaft laut gewesen, aber ... *fuck!*

„Ich kann es erklären", sagte TJ sanft.

Pam schnappte nach Luft. Sie war sich nicht sicher, ob sie sich übergeben oder lachen würde. Ihr Magen verdrehte sich noch ein wenig mehr, und sie hätte die Augen geschlossen, aber sie wollte sicher sein, dass sie jederzeit wusste, wo er war.

„Dann fang damit an. Und mach's kurz."

TJ warf einen Blick auf seinen nackten Körper. „Kann ich mir was anziehen?"

Sie nickte. Selbst während eines Ausrasters fand sie ihn immer noch ablenkend attraktiv.

Er drehte sich um und verschwand in das Schlafzimmer, das sie letzte Nacht geteilt hatten. Sein nackter Po neckte sie.

Er hatte sich in einen Wolf verwandelt. Das war unmöglich.

TJ kam zurück, kramte im Kühlschrank, schenkte sich ein Glas ein und bedeutete ihr, sich auf das Sofa zu setzen. Sie musste von der Tür weg.

„Hast du vor ..." Sie wusste nicht, was sie ihm vorwerfen sollte. Er hatte sich in einen verdammten *Wolf* verwandelt.

Er hielt ihr das Glas hin. „Orangensaft. Der Zucker soll gut für Menschen sein, die einen Schock erlitten haben. Verdammt, Pam, es tut mir wirklich leid. Ich wollte es dir nicht auf diese Weise sagen. Der Bär hätte dir nichts getan. Ich meine, ich weiß, es muss sich verrückt angefühlt haben, ihn so auf dich losrennen zu sehen, aber das nennt man einen Bluff, weil er sich zu dieser Jahreszeit mehr für Beeren interessiert. Er wollte dich nur verscheuchen, aber ich musste trotzdem dafür sorgen, dass du in Sicherheit bist, und ich weiß, es ist eine Menge ..." Er presste die Lippen aufeinander und hielt ihr noch einmal das Glas entgegen. „Bitte, du wirst dich besser fühlen."

Sie setzte sich ihm gegenüber und nippte an dem Saft. Das Klingeln in ihren Ohren ließ langsam nach, sodass sie wieder hören konnte. Er lächelte, als sie das leere Glas auf den Tisch stellte.

Er hatte sich in einen Wolf verwandelt!

Das war ... außergewöhnlich. Absolut erstaunlich. Unglaublich und beängstigend zugleich.

„Das, was du mir also erzählen willst, ist, dass du ein geheimes Leben als Haustierwolf führst?"

Er lachte und hörte dann abrupt auf. „Tut mir leid, aber, oh mein Gott, das war lustig. Nein, ich bin ein Wolf, aber *kein* Haustier. Ich meine, ich bin ein Wolf und ein Mensch, aber nicht von der gruseligen ‚Mondlicht macht mich verrückt, und ich reiße Leuten die Kehle raus'-Art oder sowas. Wirklich."

Pam wehrte sich gegen den Impuls, ihre Beine zu umklammern. „Werwolf?"

TJ wiegte seinen Kopf hin und her. „In gewisser Weise? Aber eher so, dass ich ein Mensch bin und mich auch in einen Wolf verwandeln kann. Es gibt keine Zwischenphase."

Sie schauderte. Er beugte sich vor, als wollte er zu ihr kommen, und sie hob eine Hand. „Nicht. Mach ... einfach nicht zu schnell, okay? Ich glaube, ich habe den Punkt überschritten, an dem ich in Ohnmacht fallen werde, aber du musst mir ein bisschen Zeit geben."

Er lehnte sich zurück und faltete die Hände auf seinem Schoß. Sein hoffnungsvoller Gesichtsausdruck ließ sie schnauben. Sie stand auf und ging zur Tür.

„Du gehst doch nicht, oder?" Er klang panisch, und sie hatte Mitleid mit ihm. Sie würde nie mehr erfahren, wenn sie jetzt davonlief.

„Nein, aber ich muss mich bewegen. Erzähl mir mehr."

„Okay, außer ... es gibt nicht viel mehr zu erzählen. Ich kann mich in einen Wolf verwandeln. Das konnte ich schon, seit ich etwa zwölf war. Ähm, es gibt eine ganze Menge von uns, und wir ..."

Oh mein Gott. „Maggie. Weiß sie davon?"

TJ zögerte. „Pam, ich will ganz ehrlich zu dir sein, aber du musst versprechen, nicht auszuflippen."

Ein Lachen entfuhr ihr – ein wenig dünn und zittrig an den Rändern. „Ich glaube nicht, dass ich das versprechen kann, aber ich werde es versuchen."

„Maggie weiß es. Sie hat es immer gewusst, weil sie auch ein Wolf ist. Sie hat einen Wolf geheiratet. Mein Bruder ist ein Wolf. Seine Frau ist ein Wolf. Verdammt, neunzig Prozent der Bewohner von Haines haben das Wolfgen, entweder als Vollblut oder Halbblut. Wir gehören alle zum Granite-Lake-Rudel, und wir haben eine Art Regierung und Hierarchie und, na ja, es ist manchmal kompliziert, aber normalerweise ist es ziemlich cool."

Pam hörte auf, auf- und abzugehen, und lehnte sich einen Moment lang an die Wand, um sich zu beruhigen. Alles, was sie jemals als Realität gekannt hatte, entglitt ihr, und irgendwie musste sie sich damit abfinden.

Ihre beste Freundin konnte sich in einen Wolf verwandeln und hatte es ihr nie erzählt? Die großen, atemberaubenden Männer, die sie bei der Hochzeit gesehen hatte, waren alle Wolfswandler? Unglaublich, und doch musste es wahr sein. Der Schmerz schwoll in ihr an, nicht so sehr aus Angst, sondern aus einem Mangel an Gewissheit. Traurigkeit darüber, dass ihr das, was sie für die Wahrheit gehalten hatte, entrissen worden war.

Sie wandte sich TJ zu. Die Sorge war ihm anzusehen, in der Anspannung seiner Schultern, dem Ausdruck auf seinem Gesicht. Er schüttelte langsam den Kopf.

„Es tut mir leid. Ich wollte dich nicht verletzen. Bitte, hab' keine Angst. Ich werde alles in meiner Macht

Stehende tun, um es besser zu machen. Egal, was. Stell' mir so viele Fragen, wie du willst. Ich schwöre, ich werde dir alles erzählen. Das Einzige, was ich nicht tun werde, ist, zuzulassen, dass jemand meiner Familie Schaden zufügt." Er stand langsam auf und streckte die Arme aus.

Verrückt! Von einem Moment auf den anderen machte sie alles falsch. Er hatte sie entführt, und sie lachte und hatte Sex mit ihm. Jetzt sagte er ihr, dass er manchmal ein wildes Tier war, und sie konnte nicht widerstehen, in seine Arme zu treten und seine Umarmung anzunehmen.

Sie umklammerte ihn fest, schlang ihre Arme um seinen Oberkörper und legte ihren Kopf an seine Brust. Er rieb ihr in langsamen, gleichmäßigen Kreisen den Rücken. Unter ihrem Ohr pochte sein Herz, der gleichmäßige Puls war beruhigend. Er sagte nichts – ließ sie einfach seine Wärme und den Trost seiner Gegenwart genießen.

Selbst während er ihre Welt ins Wanken brachte, gab er ihr Balance.

Sie holte tief Luft, unsicher und zittrig, und er fluchte. „Du machst mich fertig. Alles wird gut. Bitte vertrau mir. Dir wird nichts Schlimmes passieren. Ich werde dafür sorgen, dass alles gut wird." Er hob ihr Kinn und sah sie mitfühlend an, seine Pupillen waren riesig.

Sie versuchte zu lächeln. „Es fällt mir mit jedem Moment leichter, das zu akzeptieren, aber ich werde Maggie das nächste Mal, wenn ich sie sehe, in den Arsch treten."

Er beugte sich zu ihr vor, seine Absichten waren klar, und sie hielt den Atem an. Wollte sie ihn küssen?

„Pam?"

Mehr als sie wollte, hatte sie das Bedürfnis, es zu tun. Sie hob ihren Mund, und er küsste sie vorsichtig. Mit einer sanften Bewegung wischte er die Tränen weg, die ihr über die Wangen gelaufen waren, als er ihre Welt ins Chaos gestürzt hatte.

Er strich mit einem Finger über ihre Wange. „Maggie hat eine Geschichte, aber die muss sie dir erzählen, nicht ich. Ich kann dir jedoch sagen, dass du ihr zufolge ihre beste Freundin auf der ganzen Welt bist und sie dich über alles liebt. Sie hat das nicht vor dir geheim gehalten, um dich zu verletzen."

Sie nickte. „Irgendwelche anderen Knaller, die du mir sagen musst? Wie ... werde ich auch zum Wandler, wenn ich Wasser aus dem Yukon trinke oder so?"

Schmerz huschte über sein Gesicht.

„Nein, leider funktioniert das nicht so." Er küsste sie auf die Stirn. „Und leider muss ich dir noch was sagen, und es wird wahrscheinlich ein weiterer Knaller für dich sein. Ist dir vor oder nach dem Abendessen lieber?"

Er ließ sie los, und sie ging zum Waschbecken, um sich Wasser ins Gesicht zu spritzen. Noch mehr Geheimnisse? Ihr Herz konnte nicht mehr viel ertragen.

„Ist es wirklich wichtig?"

Er nickte. „Du solltest dich setzen."

Oh Scheiße! „So schlimm, was?"

„Ich verspreche dir, mich danach in meinen Wolf zu verwandeln, und du kannst mein Ohr wieder verdrehen, wenn du dich dadurch besser fühlst."

Sie kicherte. „Scherzkeks!"

Er seufzte heftig. „Behalt' deinen Sinn für Humor, vielleicht brauchst du ihn."

Sie setzte sich und er ließ sich zu ihren Füßen am Boden nieder. Sein Gesichtsausdruck war ernst und besorgt, so anders als das, was sie in den letzten Tagen an ihm gesehen hatte.

„Hey, wo ist der unbeschwerte Typ geblieben, der mich

zum Lächeln bringt? Du kannst dich in einen Wolf verwandeln. Das ist nicht das Ende der Welt, es sei denn, ich bekomme deinetwegen Flöhe. Das wäre ausgesprochen unangenehm."

Er nahm ihre Hände, führte sie an seine Lippen und küsste zärtlich ihre Fingerknöchel.

„Keine Flöhe ... aber etwas Dauerhafteres. Ich habe erwähnt, dass wir eine Art Regierung haben? Mein großer Bruder Kyle ist der Anführer des Granite-Lake-Rudels."

„Wirklich? Das ist irgendwie cool. Warum ist das ein Problem?"

„Nun, das ist es nicht, aber er ist der Alpha, da er hier der stärkste Wolf ist. Es gibt diese unausgesprochenen Regeln, die in einem Rudel gelten, basierend auf unseren Wölfen. Kyle und seine Frau Robyn – erinnerst du dich an sie? Sie stehen an der Spitze. Nun, eines der anderen Dinge, die unsere Wölfe entscheiden ..."

Er schüttelte langsam den Kopf und legte ihre Hand an sein Ohr. „Hier. Du kannst es genauso gut jetzt machen."

Wie konnte sie in seiner Nähe wütend bleiben? Sie lachte und beugte sich vor, um ihm einen Kuss zu geben, wobei sie mit ihren Fingern durch sein Haar strich. Das Gefühl lenkte sie ab. „Das ist es! Daran haben mich deine Haare erinnert."

„Was?"

Sie streichelte erneut hindurch und genoss, wie weich sie sich anfühlten. So beruhigend, sie zu berühren. Etwas am Streicheln und der Nähe zu TJ machte sie innerlich glücklich und erhellte alle dunklen Ecken. „Dein Fell. In der Nacht, in der du in deiner Wolfsgestalt bei mir geschlafen hast, bin ich eingeschlafen, während ich dich gestreichelt habe. So fühlen sich deine Haare an. So weich."

Er zitterte. „Gott, berühr' mich weiter so, und ich werde das nie rausbringen."

Sie hielt ihre Hände still. „Dann sag's mir einfach. Es ist nicht so, dass du mich zu Tode erschrecken wirst."

„Wir sind Gefährten."

Sie hielt inne. „Sicher. Wir sind Wandergefährten, beste Kumpels. Was auch immer du sagst. Erzähl mir jetzt den Rest der Neuigkeiten, denn die Panik scheint mich hungrig gemacht zu haben."

Er schüttelte den Kopf. „Nein, du verstehst es nicht. Gefährten, wie in – ein Wolf nimmt einen Gefährten. Du kennst dich mit Hunden aus. Du musst ein bisschen was über Wölfe wissen. Wir haben viele Eigenschaften von Hunden, und genau wie es einen Alpha- und einen Omega-Wolf gibt, suchen sich unsere Wölfe unseren Gefährten aus, und zwar fürs Leben. Du und ich. Mein Wolf hat dich ausgesucht."

TJ starrte ins Feuer. Es war viel zu früh aufzustehen und viel zu spät, um noch wach zu sein. Nach seiner kleinen lebensverändernden Offenbarung hatte Pam die Zutaten für ein Sandwich zusammengesucht und sich dann ins Schlafzimmer zurückgezogen, um ein bisschen Raum zum Nachdenken zu haben. Er hatte es sich bequem gemacht und wartete ab, wie das Urteil ausfallen würde.

Er hatte alles vermasselt. Alles.

Scheiße, warum hatte er auch nur für einen Moment geglaubt, dass es alles leichter machen würde, wenn er Pam ungefragt in die Wildnis schleppte?

Zeit allein, richtig. Er stocherte in Holzscheiten herum und sah zu, wie Funken aus Protest in die Höhe schossen.

Das war das, was er jetzt hatte, Zeit ganz allein. Nur er und das Sofa, das uneben und unbequem war und auf dem er die nächste Woche ohne eine einzige Beschwerde schlafen würde, wenn Pam bereit wäre, ihnen eine Chance zu geben.

Er würde für immer darauf schlafen, wenn sie das von ihm verlangen würde.

Die Dielen im Schlafzimmer knarrten, und er sprang schnell auf und starrte auf die Tür, in der Hoffnung, sie würde herauskommen. Das Verrückte daran war, dass er ein wenig spüren konnte, wo sie war – und was sie fühlte. Sein Bruder hatte einmal erklärt, wie die Verbindung zwischen ihm und seiner Gefährtin Robyn funktionierte. Das war zwar nicht so stark, wie Kyle es beschrieben hatte, aber es war lebhaft genug, um TJ einen winzigen Hoffnungsschimmer zu geben, an dem er sich festhalten konnte.

Vielleicht steckte hinter ihrer Gefährtenbindung mehr, als er je für möglich gehalten hätte.

Als sie sich im Schlafzimmer verschanzt hatte, war sie verdammt sauer auf ihn gewesen, und er hatte das ruhig hingenommen. Es war die Verwirrung, die darauf gefolgt war, und die Tränen kurz darauf, die ihn fast dazu gebracht hatten, ihre Bitte zu ignorieren und die Tür aufzubrechen, weil er wusste, dass er sie trösten konnte.

Trösten musste.

Jetzt stand er so still wie möglich da und versuchte, einen Weg zu finden, mit ihr zu kommunizieren. Sie hatten sich geliebt – das musste irgendwie zählen. Trotz des verdammten Kondoms musste es eine Bindung geben, die ihnen half, diesen schwierigen Anfang zu überstehen.

Sie schlief nicht, und sie war nicht wütend. Eine

ausgeglichene Ruhe empfing ihn, und jetzt war er derjenige, der verwirrt war.

Ruhe? Nach allem, was sie in den letzten zwei Tagen seinetwegen durchgemacht hatte?

Heilige Scheiße, sie war die faszinierendste Person, der er je begegnet war, und genau in diesem Moment waren all seine Zweifel verschwunden.

Wenn er seiner Familie den Rücken kehren musste, um bei ihr zu sein, dann sei's drum. Er würde in den Süden ziehen und einen Job finden. Er würde sich immer noch ab und zu in einen Wolf verwandeln müssen, aber er würde einen Weg finden, das zu tun, wo auch immer sie war. Er würde ihr den Hof machen, und schließlich würde sie ihn akzeptieren, wenn nicht als Liebhaber, dann wenigstens als Freund.

Es würde einen Teil von ihm töten, aber es würde sich lohnen, mit ihr zusammen zu sein.

Die Tür öffnete sich knarrend einen Zentimeter und ihre Blicke trafen sich. Er biss sich auf die Lippe. *Überlass ihr das Kommando.* Ihre Wimpern waren noch feucht von ihren Tränen vorhin, und etwas riss in seinem Bauch. Seine Entschlossenheit geriet ins Wanken.

Okay, seine Gefährtin nicht trösten zu können? Das war wirklich scheiße.

„Können wir reden?"

TJ nickte so schnell, dass seine Sicht verschwamm. Pam öffnete die Tür weiter. Er wandte seinen Blick von der Stelle ab, an der das weite T-Shirt, das sie trug, kaum ihre Oberschenkel bedeckte. Das war nicht der richtige Zeitpunkt, sich ablenken zu lassen, auch wenn ihm beim Anblick seiner Gefährtin vor Verlangen die Knie weich wurden.

„Die Sache ist die. Ich weiß, dass du nicht lügst, wenn du sagst, dass du ein Wolf bist. Ich habe es gesehen."

Vielversprechender Anfang.

„Ich glaube auch, dass du verrückt bist, aber auf die netteste Art und Weise."

Ähm, das hört sich nicht so gut an. Dann also betteln ... „Sag mir, was ich tun soll, um das Problem für dich zu lösen. Wenn du willst, wandle ich und laufe, bis ich irgendwo ein Telefon finde. Es wird eine Weile dauern, bis ich alles organisiert habe, aber ich bin mir sicher, dass ich einen Weg finden kann, dich früher nach Hause zu bringen."

Sie schnaubte. „So einfach kommst du da nicht raus, Kumpel." Pam ging zu ihm und packte ihn am Kragen. Sie musterte ihn von oben bis unten, und seine schwindende Hoffnung erwachte wieder zum Leben. „Du hast mir sieben Tage voller Abenteuer in der Wildnis versprochen, mit jeder Menge heißem Affensex."

„Was sagst du?" Er konnte kaum atmen.

„Nun, abgesehen davon, dass du heißen *Wolfsex* zu bieten hast, verlange ich, dass du dich an dein Wort hältst. Aber jetzt mit einer zusätzlichen Herausforderung. Du sagst, wir sind „Gefährten". Wie du meinst. Du hast bis Ende der Woche Zeit, es zu beweisen."

8

Die letzten paar Stunden waren pure Qual gewesen, als Pam mit sich selbst darum gerungen hatte, die richtige Entscheidung zu treffen, was sie als Nächstes tun sollte.

Fakt eins: Sie war von einem Quasi-Fremden entführt worden.

Fakt zwei: Sie hatte Sicherheitsregeln vollkommen vergessen und Sex mit besagtem Entführer gehabt.

Fakt drei: Der Typ, für den sie verdächtig starke Gefühle entwickelt hatte, hatte sich vor ihr in ein wildes Tier verwandelt und dann angedeutet, dass sie für den Rest ihres Lebens zusammen sein sollten.

Was zum Teufel sollten sie tun, um das womöglich noch zu toppen?

Aber es stimmte. Sie hatte gesehen, wie er sich gewandelt hatte – es war eine Realität, der sie sich stellen musste, egal wie sehr ihr Verstand bei dem Gedanken rebellierte. Schreien oder Jammern würden nichts an der Situation ändern.

Logik war immer der beste Weg. Logik und ein großer Baseballschläger.

TJ wippte auf seinen Füßen und rang sich die Hände, bis er sie schließlich in seine Taschen steckte. „Du willst nicht, dass ich uns zurück nach Haines bringe?"

Sie schüttelte den Kopf. „Wenn wir jetzt zurückgehen, beantwortet das keine meiner anderen Fragen, oder? Ich vermute, sobald wir die Zivilisation erreichen, werden wir noch ein paar andere Probleme zu bewältigen haben."

TJs Zucken sagte alles. Ja – diese Hierarchie, die er nebenbei erwähnt hatte – sie würde jede Wette mitgehen, dass er gerade bis Oberkante Unterlippe in der Scheiße saß.

Sein großer Bruder hatte das Sagen? Als sie daran zurückdachte, wie die ganze Gruppe sie bei der Hochzeitszeremonie behandelt hatte, vermutete sie, dass da ein paar gut geschmierte Räder im Spiel gewesen waren. Wer wusste, welche seltsamen Regeln TJ gebrochen hatte? Zweifellos war zwischenzeitlich schon jemand auf der Suche nach ihnen.

Aber das war ihr Leben, und sie würde diejenige sein, die die Entscheidungen treffen würde. Nicht irgendein wohlmeinender älterer Bruder oder gar Maggie, obwohl Pam vermutete, dass ihre beste Freundin ein paar Fragen beantworten könnte.

Trotz des Adrenalinpegels, der den größten Teil des Abends und der Nacht hoch geblieben war, oder vielleicht gerade deshalb, musste sie gähnen.

TJ sprach leise. „Lass uns für heute Schluss machen, und morgen werde ich mein Bestes geben, um es dir zu zeigen ... nun, ich werde dir zeigen, wie das funktioniert. Aber wann immer du Fragen hast, stell sie einfach. Ich verspreche, dass ich dir nichts verschweigen werde."

„Mir was zu verschweigen scheint nicht das Problem zu sein, TJ."

„Sorry, ja, das stimmt."

Pam hob die Hand vor ihren Mund, als sie wieder gähnen musste. *Bett*. Es war nach zwei und definitiv Zeit zum Schlafen.

Sie drehte sich um und ging ins Schlafzimmer. Die kühle Luft trieb sie unter die Decke. Sie schlug ein paarmal auf die Kissen und versuchte, es sich bequem zu machen, als sie bemerkte, dass sie allein war. Sie setzte sich auf und sah, dass TJ sie von dort aus anstarrte, wo er immer noch im Wohnzimmer stand.

„Kommst du nicht?"

„Du willst, dass ich bei dir schlafe?" Er fuhr sich mit der Hand durchs Haar. „Okay. Ich meine, ich würde gern, aber …"

Er ging langsam auf sie zu und neben dem Bett in die Hocke. Seine langen Finger strichen vorsichtig eine Haarsträhne aus ihrer Stirn, und seine Berührung ließ sie erschauern.

„Pam. Ich soll beweisen, dass wir Gefährten sind, dann ist das hier die erste Demonstration. Ich denke, es wäre ein Fehler, jetzt mit dir ins Bett zu gehen. Du stehst immer noch unter Schock, und auch wenn zwischen uns eine unglaubliche körperliche Spannung herrscht – weil wir Gefährten sind –, wirst du es bereuen, wenn heute Nacht sexuell irgendwas zwischen uns passiert. Trotzdem spüre ich, wie sehr du Trost brauchst, und das ist das Beste, was ich tun kann."

Er küsste sie zärtlich auf die Stirn und ging dann um das Bett herum. Er drehte sich um, zog sein Hemd aus und warf es auf einen Stuhl in der Nähe.

Das blasse Licht des sterbenden Feuers fiel durch die

offene Tür und warf zarte Glanzlichter über die harten Kanten seines Körpers. Pam seufzte. Er war einfach wunderschön. Die Art, wie er sich bewegte, machte sie heiß und scharf auf ihn, auch wenn er ihr keine sexuelle Aufmerksamkeit schenkte.

Auf seinem Gesicht lag ein breites Grinsen, als er sich umdrehte und auf die Knie sank. „Wie du mich ansiehst, erregt mich. Ich wandle zurück, wenn du mich morgen früh brauchst."

Obwohl sie so genau wie möglich zusah, war sie sich nicht sicher, wie er es tat. Eben noch war er ein Mensch und ging in die Hocke, im nächsten sprang ein wunderschöner Wolf neben ihr auf das Bett. Er stupste sie mit dem Kopf an und blies warme Luft aus seinen Nasenlöchern, während er sich an ihren Hals schmiegte.

Etwas einfach Erstaunliches – gefolgt von etwas vollkommen Normalem. Es war so TJ. „Scherzkeks."

Er leckte ihre Wange vom Kieferknochen bis zur Schläfe, ein langer, langsamer Zug, der sie kichern ließ. Als sie sich niederließen, schlang sie ihre Arme um ihn, ihre Finger vergruben sich in seinem Fell, um ihn festzuhalten.

Ein angespannter Ball aus Angst, den sie geleugnet hatte, glitt aus ihrem Bauch und löste sich auf.

Sie musste das in den Griff bekommen und dafür sorgen, dass das funktionierte. Und ja, sie war total scharf auf ihn. Aber das? Sie streichelte sein Fell, und er stieß ein leises und tiefes wohliges Brummen aus, tief aus seiner Kehle. Er strahlte Ruhe aus und rollte sich vorsichtig zusammen, um sie nicht zu stark anzustoßen.

Als sie die Augen schloss, umgab sie ein starkes Gefühl des Friedens. Sein rhythmischer Herzschlag fühlte sich unter ihren Händen perfekt an, als sie einschlief, während sie ihn streichelte.

TJ war immer noch in Wolfsgestalt, als sie aufwachten, und seine begeisterten Guten-Morgen-Küsse brachten sie zum Lachen, bis ihr der Bauch wehtat. Ihr Herz schmerzte ein wenig, da Damon sie so begrüßt hatte – mit seiner feuchten Zunge, die sie dazu gebracht hatte, Deckung zu suchen, während er sie durch die Bettlaken scheuchte.

Verdammt, ihr neuer Freund erinnerte sie an ihren *Hund.* Das konnte nicht gut sein.

Sie schob ihn so weit zurück, dass sie sich aufsetzen konnte. Er legte sein Kinn auf ihren Oberschenkel und sah sie mit großen, wunderschönen Augen ohne zu blinzeln an. Sie hatte wie ein Murmeltier geschlafen, sein warmer, pelziger Körper an ihre Seite geschmiegt, tröstend und beruhigend.

„Guten Morgen, TJ."

Er neigte den Kopf zur Seite, und seine Augen funkelten sie an. Ein Ohr wackelte, und sie hätte schwören können, dass er zufrieden seufzte. Verdammt, er war süß. „Ich will als Erste unter die Dusche, dann kannst du mir erzählen, was du für heute geplant hast."

TJ sprang vom Bett, ging durch die offene Tür hinaus und ließ sie allein im Zimmer zurück. Sie zog ihr T-Shirt aus und nahm ihren Waschbeutel.

Gefährten. Werwölfe. Das ruhige, zufriedene Gefühl, das sie beim Aufwachen empfunden hatte, verschwand ein wenig. Wie kam es, dass sie nicht geschrien hatte und weggelaufen war, nachdem sie mit einem Wolf in ihrem Bett aufgewacht war?

Weil es sich richtig anfühlte?

Die Dusche war nicht heiß genug, um den Rest ihres Unbehagens wegzuspülen, egal wie lange sie unter dem

Wasser stehenblieb. Dennoch hatte sie TJ Zeit gegeben, seinen Standpunkt zu beweisen. Nicht, dass sie eine große Wahl gehabt hätte, ohne seine Hilfe aus der Wildnis herauszukommen.

Als ihre Finger und Zehen runzlig wurden, kam sie aus der Dusche, um sich dem zu stellen, was der Tag bringen würde.

Sie rieb sich mit einem Handtuch über die Haare, als sie sich zu ihm an den Küchentisch setzte.

Die getoasteten Bagels waren nur etwas angebrannt. Ein ganz menschlicher TJ goss ihr eine Tasse Kaffee ein und reichte ihr die Zuckerdose, wobei sein feuchtes Haar stachelig von seinem Kopf abstand.

„Wo hast du geduscht?"

Er zeigte aus dem Fenster. „Im See."

Pam schauderte. „Du machst Witze. Das Wasser ist eisig."

„In meiner menschlichen Gestalt ist es mir zu kalt, aber meinem Wolf macht das nichts aus."

Sie trank einen großen Schluck Kaffee und ließ die Hitze wirken. Es mochte eine praktische Lösung sein, zwei Gestalten zu haben, aber sie war dankbar, dass er derjenige im See gewesen war und nicht sie.

Er hielt ihr einen Notizblock entgegen. „Wir alle haben die Angewohnheit, Papier bei uns zu haben, wenn wir mit Robyn kommunizieren wollen und unsere Gebärdensprache nicht ausreicht. Während du geduscht hast, habe ich mir ein paar Notizen gemacht, um mich abzulenken."

„Dich abzulenken?"

Sein Blick glitt auf der einen Seite an ihr herab und auf der anderen hinauf, und plötzlich wurde es viel wärmer im

Raum. „Du warst nackt unter der Dusche. Mir dich da drin vorzustellen ...“

Ihre Blicke trafen sich, und Pam schluckte das Stück Bagel hinunter, das in ihrem Hals steckte. Oh Gott, worauf hatte sie sich da eingelassen? Sie starrte ihn an, und die dunklen Seen in seinen Augen lockten sie, einzutauchen.

Er stieß den Notizblock an und unterbrach die Verbindung. „Gemäß deinen Anweisungen habe ich für jeden Tag Abenteueraktivitäten geplant, aber ich habe das eine oder andere ergänzt. Diese Liste enthält jetzt die Dinge, die Gefährten normalerweise gemeinsam erleben. Ich dachte, wir könnten einige davon ausprobieren – sozusagen sehen, wie es läuft, und trotzdem die Aktivitäten machen, die du ursprünglich machen wolltest.“

Er beugte sich vor und nahm ihre Hand, sein Gesichtsausdruck wechselte von flirtend zu zerknirscht. „Ich will noch einmal sagen, dass es mir wirklich leidtut, dass ich dich nicht direkt gefragt habe, ob du an mir interessiert bist. Ich hätte es anders angehen sollen.“

Wow! Eine unaufgeforderte Entschuldigung von einem Mann? Pam saß einen Moment lang da und wusste nicht, was sie sagen sollte. „Okay.“

Sie warf einen Blick auf das Papier. Er hatte fünf Kreise auf die Seite gezeichnet und sie in der Mitte überlappen lassen wie ein unbeholfen gezeichnetes Gänseblümchen. In jedem Kreis standen Worte.

Geistige Verbindung

Chemische Anziehung

Körperliche Verbindung

Emotionale Bindung

Komplementäre Interessen

Pam zögerte. Er nahm das verdammt ernst. „Chemische

Anziehung? Ist das nicht dasselbe wie eine körperliche Verbindung?"

TJ schüttelte den Kopf. „Gar nicht. Das eine führt zum anderen, aber ich kann dir versichern, dass sie sehr unterschiedlich sind." Er strich mit seinen Fingerknöcheln über ihre Wange, bevor er ihr das Haar hinters Ohr schob. „Dieser Punkt ist vielleicht schwer zu beweisen – verdammt, alle werden hart sein, aber dieser hier ist vielleicht der wölfischste. Ich stelle hier Vermutungen an, da ich nur weiß, was mir über die Erfahrungen zwischen Wölfen erzählt wurde. Du bist ein Mensch ..." Er zuckte mit den Schultern.

„Du weißt also nicht genau, was du beweisen willst?"

Seine Augen blitzten. „Oh, ich weiß genau, was ich beweisen werde. Dass du und ich ohne jeden Zweifel zusammengehören."

Pam schob ihren Stuhl zurück und fühlte sich von seiner Intensität eingeengt. Sie nahm den Notizblock, hielt ihn zwischen sie und atmete tief durch, um das durch sie rauschende Blut zu beruhigen.

„Okay, chemische Anziehung. Was bedeutet das, kurz gesagt?"

TJ atmete langsam und tief ein und stöhnte. „Das werde ich nie schaffen, ohne dabei hart zu werden. Okay – es bedeutet, dass du richtig riechst. Ich spreche nicht von deinem Parfum oder deiner Seife, sondern von *dir*." Er schloss die Augen und hielt sich am Tisch fest. „Allein dein Geruch macht mir weiche Knie. Es weckt in mir den Wunsch, dich hochzuheben, ins Bett zu tragen und stundenlang mit dir zu schlafen."

Pam erschauerte, erotische Bilder schossen durch ihren Kopf.

Er öffnete seine Augen. „Aber es weckt in mir auch den

Wunsch, stundenlang neben dir zu sitzen und dir zuzuhören, wie du mir von deinem Lieblingsessen, deinem Arbeitstag und Geschichten aus deiner Kindheit erzählst."

Ihr Magen zog sich zusammen, bevor sie sich bewusst entspannte. Auf keinen Fall konnte er so einen Mist hören wollen.

„Also ist es was anderes, als jemanden in einer Bar oder einem Tanzclub zu sehen und erregt zu sein? Oder wenn man sich Chris Pine in einem Film ansieht und das dringende Bedürfnis verspürt, sich auf ihn zu stürzen?"

Er verdrehte die Augen. „Was ist mit euch Mädels und diesem Typen? Nein, es ist nicht ganz dasselbe. Eher: Was würdest du tun, wenn du ihn persönlich treffen würdest?"

Sie lachte. „Wahrscheinlich zu einer Salzsäule erstarren."

„Richtig, und als wir uns das erste Mal begegnet sind, wolltest du ...?"

Sie dachte an den Moment vor der Hochzeit zurück. Zu dem fast überwältigenden Wunsch, ihn näher kennenzulernen. „Wir mögen also, wie der andere riecht. Ich weiß nicht, ob das ausreicht, um mir irgendwas zu beweisen."

TJ lehnte sich zurück und trank einen Schluck von seinem Saft. „Solange du zustimmst, dass es etwas – Magnetisches – zwischen uns gibt."

Sie nickte langsam. So viel war sie einzugestehen bereit. Das würde auch erklären, warum sie, egal was für eine verrückte Sache er machte, falsch reagierte.

TJ nahm ihr den Notizblock aus der Hand. „Iss, der Tag läuft uns davon. Das steht heute sowieso nicht auf dem Programm."

Pam blinzelte überrascht. „Tut es nicht?"

„Nein." Er füllte ihren Kaffee nach und prostete ihr mit

der Tasse zu. „Lass uns darauf anstoßen, uns durch die Partnerliste zu arbeiten."

VERSTECKEN SPIELEN. Sie spielte in der Wildnis Verstecken mit einem Werwolf. Pam zog ihre Beine näher an den Körper und achtete darauf, dass nichts aus ihrem Versteck herausragte.

Sie hatten den Vormittag damit verbracht, zu einer verlassenen Bergmannshütte zu wandern und dort nach Artefakten zu suchen. Nach dem Mittagessen hatte er ganz beiläufig dieses Spiel vorgeschlagen, und jetzt saß sie in den Ästen eines Baumes, ihren Körper an den Stamm gedrückt. TJ kam direkt auf sie zu, als hätte sie eine Spur aus Brotkrumen hinterlassen, der er folgen konnte. Er grinste sie an und streckte eine Hand nach ihr aus.

„Du musst härter daran arbeiten, sonst habe ich das Gefühl, dass du es nicht versuchst."

„Du schummelst. Du hast doch Wolfssinne, nicht wahr? Selbst in deiner menschlichen Gestalt?" Es musste einen Grund geben, warum er sie so schnell gefunden hatte. Die letzten fünf Male, die sie sich versteckt hatte.

TJ schüttelte den Kopf. „Also ich kann dich riechen, aber ich kann auch fühlen, wo du bist. Es ist, wie ich dir schon gesagt habe, es gibt eine mentale Verbindung zwischen uns, und ich gehe ihr nach." Sie stieß sich vom Ast ab, und er fing sie auf. Ihr Körper schmiegte sich warm und angenehm an seinen, während sie ihre Arme um seinen Hals schlang.

„Also gut. Du kannst mich in einem Schneesturm finden. Das ist ein cooler Trick."

„Hey, glaub nicht, dass das nur in eine Richtung funktioniert. Ich denke, dass du das auch kannst."

Er legte sie auf die Wiese vor der Hütte, weigerte sich jedoch, sie aus seinen Armen zu lassen.

„Hast du gerade vor, die körperliche Verbindung zu beweisen?"

Er grinste. „Nein, aber warte nur ab. Wenn wir im Bett versaut werden, weiß ich, was du willst. Wie hart, wie schnell." Mit einer Hand strich er über ihre Schulter und ihren Rücken hinunter, bis sie auf ihrem unteren Rücken liegenblieb. Intim. Die luftige Berührung seiner Liebkosung löste ein Prickeln in ihrem Körper aus, und ihre Brustwarzen zogen sich unwillkürlich zusammen. TJ sprach mit tiefer und heiserer Stimme. „Natürlich bedeutet das, dass ich dich nach Belieben necken kann."

Oh mein Gott, tu es jetzt! Das Bedürfnis, sich auf einem Silbertablett anzubieten, war instinktiv und irgendwie beängstigend. Zeit, sich zurückzuziehen. Sie drückte ihre Hände auf seine Brust, um genug Abstand zu schaffen, damit sie nachdenken konnte. „Ich nehme an, das beruht auf Gegenseitigkeit? Pass auf, ich muss dir möglicherweise einen Strafzettel ausstellen."

Mit seiner freien Hand ergriff er ihr Kinn. Er hielt sie fester, bis sie ihren Blick hob, um seinem zu begegnen. „Nicht. Versteck dich jetzt nicht hinter Witzen."

Pam schloss die Augen und wartete. Sein warmer Atem streichelte ihre Wange, als er ihre Körper wieder in Kontakt brachte.

„Du siehst im Sonnenlicht wunderschön aus."

Sie öffnete die Augen, als er ihre Lippen mit seinen berührte. Seine dunklen Wimpern flatterten auf ihrer Haut. Sie schob ihre Zunge in seinen Mund und wehrte sich nicht länger gegen die entzückenden Empfindungen, die ihren Körper durchströmten.

Sie standen da, küssten einander langsam, ihre Hände erkundeten sanft den Körper des anderen – Pam verlor jegliches Zeitgefühl und glitt an einen verträumten Ort, an dem ihr keine Probleme mehr im Kopf herumschwirrten. Sie musste nicht herausfinden, ob Märchen wirklich wahr werden können.

Als sie sich voneinander lösten, wärmte sein Lächeln sie durch und durch. „Nun, das hatte ich nicht geplant, aber ich nehme es auf jeden Fall gern. Hör auf, mich abzulenken. Du bist an der Reihe, mich zu finden. Kein Schummeln, während ich mich verstecke."

Pam schloss nicht nur die Augen, sie verdeckte auch ihr Gesicht mit den Händen, wie ein Kind, das Angst hat, in Versuchung zu geraten, zu schummeln. Sie wollte keine Ahnung haben, in welche Richtung er ging. Es war sinnlos, so zu tun, als wäre das ein faires Spiel, wenn dem nicht so war. Sie summte leise vor sich hin, um alle zufälligen Geräusche zu übertönen, die er machen könnte und die ihr die Richtung verraten würden, in die sie gehen sollte. Dann begann sie laut zu zählen.

„... zehn, elf, zwölf ... ich hoffe, du versteckst dich gut, denn wenn ich dich irgendwo draußen stehen sehe, musst du mir ein Krabbenessen oder sowas spendieren ... siebzehn, achtzehn ... oder eine Kiste Bier, ich könnte wirklich ein kaltes Getränk gebrauchen ... dreiundzwanzig, vierundzwanzig, fünfundzwanzig ... Eckstein, Eckstein, alles muss versteckt sein. Ich komme!"

Sie öffnete die Augen und sah sich um. Die Sonne glitzerte auf der Oberfläche des Sees, die winzigen Wellen der flüsternden Brise erzeugten ein Kaleidoskop aus Farbe und Licht.

Draußen vor der Hütte bewegte sich die Schaukel auf der Veranda langsam, und sie sah einen Moment lang zu, aber sie wurde schneller, nicht langsamer. Es war der Wind, nicht TJ, der sie gestreift hatte. Sie spähte in den Wald, konnte aber außer dem natürlichem Zittern und Flattern in den Blättern keinen klaren Hinweis darauf erkennen, wo TJ sich versteckte.

„Okay, so viel verrate ich dir, du hast dich gut versteckt. Jetzt ..."

Das übliche Vorgehen wäre, das Gebiet in Sektoren zu unterteilen und sie methodisch abzuarbeiten. Sie hielt inne. Das sollte doch nicht wie eine gewöhnliche Suche sein, oder? Wenn sie Gefährten waren, müsste sie ihn spüren können.

Sie schnupperte in der Luft und lachte dann. Nein, sie war nicht diejenige mit der Wolfsnase.

Pam kicherte immer noch, als sie es spürte. Fast eine ... Leichtigkeit lag in der Luft, eine Ahnung von Emotion, die an ihr vorbeizog. TJ war zufrieden. Bewunderte er sie?

Sie drückte eine Hand auf ihre Brust. Es war nicht nur ihre Einbildung. Sie schloss noch einmal die Augen und hielt sich die Ohren zu. Der Wind in den Bäumen ließ nach, und alle Geräusche verstummten, aber das Gefühl wurde stärker. Oh mein Gott, sie *konnte* etwas fühlen.

Sie wirbelte herum und rannte zur Hütte. Das Hämmern ihrer Schritte, als sie die Treppe hinaufrannte, hallte vom niedrigen Dachüberstand wider, und sie riss die Tür auf.

Die Enttäuschung traf sie hart. Sie hatte voll und ganz damit gerechnet, TJ auf dem Sofa zu finden. Sie war sicher gewesen, dass er da war. Dass er gemütlich dasitzen und auf sie warten würde.

Wieder ein Ruck. Wie Fäden, die in ihrem Herzen befestigt waren.

Sie ging verwirrt in der Hütte auf und ab. Er sollte hier sein.

„TJ, wo bist du?"

Das Gefühl wollte nicht verschwinden. Sie sah unter dem Bett und in der Duschkabine nach. Als sie wieder hinaus ging, trat sie frustriert gegen einen Stein, bevor ein Geistesblitz sie zum Fluchen brachte.

„Im Ernst." Sie rannte um die Hütte herum zu der Stelle, wo Feuerholz wie eine Treppe gegen die raue Wand gestapelt war. Sie kletterte hinauf, bis dorthin, wo es auf gleicher Höhe mit dem flach geneigten Dach des angebauten Lagerraums war, und starrte TJ an. Er lag flach auf dem Rücken auf einer dicken Decke und grinste sie an.

„Hey."

Tiefe Befriedigung überkam sie, als sie vorsichtig an seine Seite kroch. „Auch hey. Du bist verdammt schnell hier angekommen."

Sein Grinsen wurde breiter. „Und es hat schrecklich lange gedauert, bis du mich gefunden hast, nicht wahr?"

Heilige Scheiße, er hatte recht. Mitten in der Jagd hatte sie gar nicht begriffen, dass sie ihn gefunden hatte. Sie hatte *gewusst*, wo er war. „Wow!"

TJ klopfte auf die Decke. „Wie hast du es gemacht?"

Pam ließ sich neben ihm nieder und kuschelte sich in seine Arme. „Ich bin mir nicht ganz sicher. Es war, als ob ich es gewusst habe. Aber es ist nicht möglich ..."

Er schmiegte sich an ihre Schläfe. „Hmm, du hast gerade bewiesen, dass es möglich ist." Seine Lippen senkten sich langsam und drückten warm und weich auf ihren Kieferknochen. Er schob seine Finger in ihr Haar und brachte ihre Münder zusammen, und sie konnte nicht die

Energie aufbringen, zu überlegen, warum sie gewusst hatte, wo er war. Sie hatte es gewusst. Ein Punkt für die Gefährtenliste. Und jetzt Sex, bitte.

Sie rollte ihn herum und kletterte auf ihn, ohne ihre Lippen von seinen zu nehmen. Seine Zunge vollführte diesen komplizierten Tanz in ihrem Mund, bei dem sich ihre Nackenhaare aufstellten. Sie revanchierte sich, indem sie ihr Becken auf seinen Schritt drückte. TJ konterte mit einer Bewegung, bei der er beide Hände über ihren Oberkörper gleiten ließ, um ihre Brüste zu berühren, und plötzlich hasste sie ihren Wonderbra leidenschaftlich.

Mit einer Handbewegung war ihr T-Shirt weg. Eine andere befreite sie von dem einengenden BH, und TJ knurrte.

„Oh ja." Er zog sie näher und saugte eine Brustwarze zwischen seine Zähne. Seine Finger streichelten ihre Rippen und ließen ihre Haut lebendig werden, während er saugte und von einer Seite zur anderen wechselte. Die sanfte Brise flüsterte über ihre feuchten Brustwarzen, und sie zogen sich noch mehr zusammen. Rundherum waren die leisen Geräusche der Natur zu hören – Vögel zwitscherten, die Blätter raschelten in unregelmäßigem Rhythmus. Das Schlürfen und Stöhnen und die gedämpften leidenschaftlichen Laute, die über ihre Lippen kamen, passten perfekt in die Mischung, und Pam war sich sicher, noch nie an einem schöneren Ort gewesen zu sein.

Sie löste sich von ihm und sah ihn an. Sein allgegenwärtiges Lächeln wärmte ihr Herz, die Lust und Leidenschaft in seinem Gesicht erwärmten ihre Seele. „So gut das auch ist, ich glaube nicht, dass das Dach ein geeigneter Ort ist, um Liebe zu machen."

Seine Augen weiteten sich, und er stützte sich auf, um sie wieder an sich zu ziehen, und plötzlich fand sie sich flach auf dem Rücken unter ihm wieder. Die Decke schützte sie vor den Graten der Dachschindeln, und die Sonne brach in voller Pracht hervor.

Das Licht in seinen Augen überstrahlte jedoch alles.

„Ich denke, überall ist ein fantastischer Ort, um mit dir Liebe zu machen."

Ihr Herz setzte einen Schlag lang aus. Dann konnte sie sein Gesicht nicht mehr sehen, als er sich auf ihr niederließ, seine Lippen sündige Dinge mit ihrem Oberkörper machten und seine Finger ihren Körper so geschickt spielten wie seine Gitarre.

Oh ja, er war talentiert. Das Verlangen brodelte in ihrem Bauch, und seltsamerweise schien das Dach der Hütte ein herrlicher Ort für einen kleinen sexuellen Ausflug zu sein. Nur ...

„Hast du ein Kondom mitgebracht?" Sogar die Frage hörte sich an wie *fick mich jetzt*. Atemlos, gierig. Lüstern.

Er richtete sich über ihr auf. „Wir brauchen keins, weißt du? Ich kann keine sexuell übertragbaren Krankheiten in mir tragen, da das Wandeln in meinen Wolf fast alles heilt, was mit Keimen oder Viren zu tun hat."

„Fast?"

Das schwere Gewicht seines Beckens drückte gegen ihre Mitte, als er sich zwischen ihre Schenkel schmiegte, und es fühlte sich so gut an, dass ein kleiner Teil ihres Verstandes schmolz.

„Eine Erkältung ist immer noch scheiße."

Oh Gott, er küsste sie noch einmal – Küsse, die viel zu ablenkend waren. Viel zu verlockend, als er ihre Becken innig aneinander wiegte. Der Stoff, der sie trennte, war ein Lebensretter, und sie wackelte unter ihm. Sex war ausgeschlossen, es sei denn, sie konnten sich lange genug voneinander losreißen, um in die Hütte zu kommen.

Dennoch gab es keinen Grund, warum sie keine Befriedigung bekommen konnten.

„Lass mich hoch."

Er rollte sich von ihr, die Enttäuschung war ihm ins Gesicht geschrieben. Bis sie ihre Shorts auszog und nach seinem Reißverschluss griff.

„Werden wir ...?"

„Nein." Sie zog ihn auf den Rücken und zog ihm die Hose aus. „Wir haben keinen Sex ohne Kondom. Tut mir leid, denn was du gesagt hast, ergibt zwar einen Sinn, aber ich kann dein Wort bei etwas so Großem nicht einfach so akzeptieren."

Er lehnte sich zurück und legte einen Arm über seine Augen, seine Brust hob und senkte sich. Seine Erektion ragte gerade in die Höhe. Hmm. Das sexuelle Summen in ihrem Körper erreichte ohrenbetäubende Ausmaße, also streckte sie die Hand aus und packte ihn.

„Heilige Scheiße." Er stieß in ihre Hand, und sie lachte.

„Ich mache keine Witze. Wir können reingehen und uns für die zweite Runde ein Kondom holen. Für den Moment ..." Pam streichelte ihn, und ihre Finger strichen leicht über die Kuppe seiner Erektion, um die aus der Spitze austretende Feuchtigkeit aufzufangen. Mit ihrer nassen Handfläche war es leicht, über seine Länge zu gleiten, und jedes Mal löste ein lustvolles Stöhnen aus. Das Sonnenlicht schien auf sie, und sie atmete tief die frische Luft ein. Der Duft ihrer Körper stieg um sie herum auf und machte sie innerlich glücklich.

Alles an TJ machte sie innerlich glücklich, wenn sie ehrlich war.

Seine Hände packten ihre Hüften und hoben sie hoch.

„Was machst du?" Sie ließ seinen Schwanz los und streckte ihre Hände aus, um sich abzustützen. Einen

Moment später war sie auf Händen und Knien, die Handflächen ruhten auf der Decke auf beiden Seiten seiner Hüften. Sie folgte der Linie seines Körpers bis zu der Stelle, an der sein Kopf zwischen ihren Knien lag. Er leckte sich die Lippen, und ihre Scham pulsierte.

„Du benutzt deine Hände, aber ich darf meinen Mund benutzen."

Ja-ha.

Er zog sie auf sich und plötzlich verschwand die Tatsache, dass sie auf einem Dach waren. Das Bedürfnis herauszufinden, ob sie Gefährten waren? Das flog aus dem sprichwörtlichen Fenster, weil dieser Mann eine magische Zunge hatte und sie zu ihrem größten Vorteil nutzte. Er leckte sie – zarte, neckende Berührungen, gefolgt von kraftvollen – von der empfindlichen Haut in der Nähe ihres Anus bis zur Spitze ihres Hügels.

Knabberte an ihren Schamlippen. Saugte an ihrer Klitoris. Sie schaukelte zurück, um ihn näherzubringen, aber er hielt sie immer noch an den Hüften fest. Er hatte die Kontrolle, und es gab nichts, was sie tun konnte, um das zu ändern.

Außer ihn abzulenken. Sie warf einen Blick auf seinen Schwanz und plante ihren Gegenangriff. Eine Hand auf dem Dach zum Balancieren, eine Hand, um sie um ihn zu schlingen und zu pumpen.

Der Nachhall seines Stöhnens an ihren Schamlippen löste einen elektrischen Schlag aus. Feuerwerkskörper zischten an ihren Brustwarzen vorbei und kehrten zurück, um die Zündschnur in ihrem Innersten zu entzünden. Er packte ihren Po fester, massierte und drückte ihre Pobacken, während er sie auf sein Gesicht drückte. Seine heiße, feuchte Zunge glitt in sie hinein, und es war so unglaublich, dass sie für einen Moment innehielt. Die

Empfindungen wachsen ließ, bis sie am Rande des Orgasmus zitterte. Die Euphorie wuchs so sehr, dass sie explodierte, als er mit zwei Fingern tief in sie eindrang und dabei hart an ihrer Klitoris saugte. Blut rauschte in ihren Ohren, und die Welt drehte sich.

Es dauerte eine Weile, bis die Wellen langsam genug wurden, dass sie wieder denken konnte.

TJ leckte langsam, seine Berührung wurde immer sanfter, bis sie sich von ihm helfen ließ, sich an seine Seite zu schmiegen. Sein dicker Schwanz drückte gegen ihre Hüfte, und sie holte tief Luft, Schuldgefühle plagten sie.

„Das war egoistisch von mir."

TJ presste seine Lippen für einen langen, atemlosen Kuss auf ihren Mund. Der Geschmack ihrer Lust auf seinen Lippen ließ sie erschauern.

Er löste sich von ihr und berührte ihre Stirn. „Nicht egoistisch. Timing ist alles. Du musstest dich konzentrieren, und ich wollte dir etwas geben." Er zog ihre Finger an seine Lippen und küsste ihre Fingerknöchel, und etwas in ihrem Herzen zog sich ein wenig zusammen. Was hatte er über die körperliche Verbindung gesagt? Von Oralsex kam sie selten, wenn sie gleichzeitig gab.

Ihr Finger war von feuchter Hitze umgeben, als er ihn in seinen Mund saugte. Einen nach dem anderen machte er sie feucht, bevor er ihre Hand auf seine Erektion legte und seine Finger um ihre schloss. „Jetzt bin ich an der Reihe, und du kannst mir was geben."

Von der Eichel zur Wurzel führte er sie und drückte fester. Seine Lippen fanden wieder ihre, und ihre Zungen glitten sinnlich gegeneinander, während das Streicheln weiterging. Nicht zu schnell, aber konstant und fest.

Pam vergrub ihre Finger in seinem Haar und zog seinen Kopf zurück, damit seine Kehle freilag. Er ließ zu, dass sie sich nach unten küsste. Sie hielt inne und atmete tief durch, während ihr Gesicht an seinem Hals war, bevor sie wieder leckte, sein salziger Geschmack wie guter Wein. Er erfüllte ihre Sinne – die Berührung ihrer Haut war so sündig und sinnlich. Die Geräusche, die ihre verbundenen Hände machten, bildet einen erotischen Kontrast zu den zarten Geräuschen der Natur.

Er spannte sich unter ihrer Hand an, und mit einem tiefen Stöhnen kam er. Die heiße Flüssigkeit seines Samens floss über ihre Hände und spritzte weiter heraus, um wohl oder übel zwischen ihren nackten Oberkörpern zu landen.

Sie blieben verbunden, bis ihre Herzen aufhörten zu pochen, und Wärme strahlte von TJ aus wie von einem Heizkörper. Pam schmiegte sich näher an ihn und drückte ihre Brust an seine, ohne der Feuchtigkeit auf ihrer Haut Beachtung zu schenken.

„Das war ziemlich großartig, wenn ich das so sagen darf."

TJ grinste. „Wie wäre es mit einer Dusche, bevor es noch großartiger wird? Ich denke, wir können es in den Zeitplan einbauen."

Der Zeitplan wurde immer besser. „Deal."

Sie rollte ihre Kleider zusammen, und er protestierte leise. „Willst du, dass wir nackt da runter klettern?"

Pam streckte eine Hand nach ihm aus und fuhr mit einem Finger durch die Feuchtigkeit, die an seinem festen Bauch klebte. „Ich ziehe es vor, mit klebrigem Körper fünf Minuten nackt zu sein, wenn die Klamotten eine Woche lang reichen müssen."

TJ zuckte mit den Schultern und hob dann die Decke von den Schindeln auf. Vorsichtig ging sie zum Dachrand und warf die Kleidung hinunter. TJ hielt ihre Hand, als sie einen Fuß nach vorn rutschte, um nach dem Holzstapel zu tasten. Der Abstieg war nicht so einfach, wie sie den Aufstieg in Erinnerung hatte.

„Ich kann nicht glauben, dass ich tatsächlich hier hoch gerannt bin."

Als beide Füße das Holz berührten, wackelte ein Scheit unter ihren Füßen, und sie packte TJ, um ihr Gleichgewicht wiederzufinden. Sie ließ sich Zeit und machte jeden Schritt vorsichtig, bis sie sicher den Boden erreichte.

Er ließ die Decke fallen und drehte sich dann um, um auf den Holzstapel zu klettern. Hmm, was für ein schöner Arsch.

Er stieg ein paar Stufen hinunter, und sie dachte gerade darüber nach, wie schön die Vorderansicht mit der Rückseite harmonierte, als sie ein lautes Knacken hörte. Die Holzscheite unter seinen Füßen begannen zu ruckeln und zu rollen, und plötzlich schoss TJ gen Boden und surfte fast über den Holzhaufen, der scheinbar zum Leben erwacht war.

Einzelne Scheite zitterten und drehten sich, einige fielen herunter, andere verbogen sich, während der gesamte Stapel einstürzte. Das Holz klapperte und knackte mit alarmierender Lautstärke, und der Lärm hallte von der Wand der Hütte wider. Zufällige Scheite flogen nach links und rechts, während er mit den Armen ruderte, um das Gleichgewicht zu halten. Pam wich von der Gefahr zurück und sah voller Angst zu, wie der Stapel zusammenbrach.

Der einst ordentlich Haufen stürzte zu Boden, ein letztes Scheit schwankte noch eine Sekunde lang, bevor es mit einem leisen Plopp auf die anderen kippte, während TJ auf dem Haufen liegen blieb.

9

J lag mit dem Gesicht nach unten auf der Matratze, sicher, dass sein Gesicht so rot war wie sein Hinterteil. Stechender Schmerz schoss durch seine rechte Pobacke, und er stützte sich fluchend auf seine Ellbogen.

„Verdammt, lass sie. Sie werden irgendwann von selbst rausfallen. Au! Scheiße! Hör auf!"

Pam lachte, als sie die Pinzette erneut ansetzte und versuchte, noch ein paar Splitter zu entfernen, die er sich beim Tanz mit dem Brennholz eingerissen hatte. „Hör auf, dich wie ein weinerlicher Welpe zu benehmen."

Er knurrte, und ihr Lachen wurde lauter. Er ließ sich fallen und biss die Zähne aufeinander. Scheiße, es fühlte sich an, als würde sie Pfostenlöcher graben. „Hast du da hinten Spaß?"

„Mh-hm."

Fuck! Bei einem besonders hartnäckigen Splitter zuckte er erneut zusammen. „Ich wette, du warst nicht gut darin, Operation zu spielen, als du klein warst."

Pam grub besonders tief. „Schrecklich. Ich habe jedes Mal verloren."

Er vergrub sein Gesicht im Kissen und biss hinein. Hart.

Sie kicherte. Ein ehrliches, vollkommen mädchenhaftes Kichern, das in einem Schnauben endete, und TJ konnte es nicht mehr ertragen. Er rollte sich herum, nahm sie in seine Arme und zog sie unter sich.

„Hey, ich hab' sie noch nicht alle." Sie vergrub ihre Hände in seinen Haaren und presste ihren Mund auf seinen, und alle Holzsplitter der Welt reichten nicht aus, um ihn davon abzuhalten, ein Kondom zu finden und seine Gefährtin wieder zu beglücken.

Und wieder. Auf dem Bett, in der Dusche. Verdammt, kaum hatten sie das Abendessen gekocht, forderte sein Wolf ihn auf, sie gegen die Tischplatte zu drücken und sie von hinten zu nehmen. Der köstliche Duft von Tomatensauce lag in der Luft, das Wasser für die Spaghetti kochte unbekümmert im Topf, als er in sie hinein rammte.

Pams anfeuernde Rufe brachten sie beide schneller zum Höhepunkt, als ihm lieb war. Jedes Eindringen in ihren Körper stieß sie tiefer in sein Herz. Sie griff hinter sich, packte seine Hand und verflocht ihre Finger. Er wurde langsamer und drückte seine Brust an ihren Rücken, drehte ihren Kopf zur Seite, um ihr in die Augen sehen zu können.

„Das ist echt, Pam." Er drängte sich langsam vorwärts, die Blicke aufeinander gerichtet. „Du. Ich. So zusammen."

Sie drückte ihre Finger fester um seine.

Wieder stieß er zu. Wieder wurde er von ihrem Körper so fest gedrückt, dass er kaum atmen konnte. Aber es war der Ausdruck in ihren Augen, der ihm den Atem nahm.

So viel Hoffnung und so viel Angst. Sein Wolf heulte, und er unterdrückte den Drang, sie vollständig zu beanspruchen. Unterdrückte den Wunsch, die Verantwortung zu übernehmen, bevor sie dazu bereit war. TJ schloss die Augen und klammerte sich an den seidenen Faden seiner Beherrschung – während sie sich zusammen bewegten.

Es war wahrscheinlich das Einzige, was ihn rettete. Pams williger Druck gegen ihn, als sie sich aufrichtete, um seinen Stößen entgegenzukommen, beruhigte seinen Wolf und gab ihm die Chance, das Tier zurückzubringen und wieder unter seine menschliche Kontrolle zu bekommen. Er legte eine Hand um ihren Oberkörper, schob eine Hand zwischen ihre Beine, um ihre Klitoris im Takt ihrer Vereinigung zu massieren, bis er spürte, wie sie sich unter ihm krümmte und ihr Orgasmus sie in Wellen erfasste. Er vergrub sich in ihr und ließ los, während er sich von ganzem Herzen wünschte, sie wäre bereit, ihn ganz anzunehmen.

Für immer.

„HAST DU DIE LISTE?"

TJ tauchte das Paddel noch ein paarmal langsamer ein und steuerte sein Kanu auf die Bucht zu, die sie ausgewählt hatten. Tag vier, und die Zeit verging viel zu schnell. Die Nachmittagssonne funkelte um sie herum, die Gegend war so idyllisch wie auf einer Postkarte, aber er spürte ein Gefühl der Dringlichkeit, das er in der Wildnis noch nie zuvor empfunden hatte. Zu beweisen, dass sie Gefährten waren, war, als würde man einem Kind beweisen, dass die Sonne am Morgen wieder aufgehen würde. Fakten konnten vieles nur bedingt erklären, bevor man loslassen und vertrauen musste. „Du kannst dein Paddel wegstecken, und ich lasse dich einen Blick darauf werfen. Oh, und du kannst dich umdrehen. Ich werde den Anker werfen, während wir angeln."

Pam verstaute das Paddel und stieg vorsichtig über den Sitz, während sie sich drehte. All die nackte Haut, die unter dem Saum ihrer Shorts zu sehen war, ließ ihm das Wasser im Mund zusammenlaufen, und er starrte in den Wald und dachte an unappetitliche Dinge, um sich abzulenken.

Als das Kanu aufhörte zu schaukeln, versicherte er sich, dass sie wieder saß, und reichte ihr dann die Seiten, die er in seiner Tasche verstaut hatte. Sie faltete eine auseinander und strich sie glatt. „Die Gefährtenliste. Welches machen wir heute?"

„Komplementäre Interessen."

Sie starrte auf das Papier, und er fragte sich, warum sie so traurig aussah. Warum der Ausbruch der Freude, den er von ihr gespürt hatte, so schnell nachgelassen hatte und zu etwas geworden war, das der Verzweiflung nahekam. Seine Verbindung zu ihr war in den letzten zwei Tagen gleich geblieben, und er bezweifelte, dass sie stärker werden würde, bis sie sich tatsächlich ohne Kondom liebten und er sie als seine markierte. Was sie jetzt hatten, war wie ein Schatten der tatsächlichen Verbindung, die er für möglich hielt. Sie war da, für ihn unbestreitbar, aber er sehnte sich nach mehr.

Pam machte ein fröhliches Gesicht, faltete das Papier wieder zusammen und steckte es in ihre Gesäßtasche. Sie warf einen Blick auf das zweite Blatt, das noch zusammengefaltet auf ihrem Schoß lag, und lachte. „Oh mein Gott, erwartest du, dass ich einen Aufsatz schreibe oder so? Ich habe Urlaub. Ich interessiere mich im Moment nicht für Berichte."

„Oh nein, das sind Themen, die wir besprechen können. Weißt du, die meisten Gefährten, die ich kenne, haben gemeinsame Interessen. Robyn und Kyle, du solltest sie auf der Skipiste sehen. Sie sind beide durchgeknallte Skifahrer, wenn sie nicht gerade eine Gruppe führen. Erik und Maggie lieben beide klassische Literatur."

„Du meinst also, wir sollten einen Haufen gemeinsamer Interessen haben?"

Sie ließ sich auf dem Boden des Kanus nieder und rückte ihre Schwimmweste so zurecht, dass sie sich an den Sitz zurücklehnen und ihn als Rückenlehne nutzen konnte. Ihre langen Beine streckte sie in die Mitte des Bootes aus, und TJ betrachtete sie sehnsüchtig. Er seufzte. Nein. Auch wenn er diese Woche bisher mit seiner Ungeschicklichkeit mehr Glück gehabt hatte als sonst, würde nichts Gutes dabei herauskommen, wenn sie in einem Kanu rummachten.

„TJ?"

Er begegnete ihrem Blick und suchte nach Worten. „Ich habe schon wieder gestarrt, nicht wahr?"

Sie errötete, dann warf sie den Kopf zurück, und ihr dunkles Haar fiel ihr um die Schultern. „Es macht mir nichts aus. Aber zurück zur Frage ..."

„Ich denke, wir könnten Dinge gemeinsam haben, oder wir könnten wie Tad und Missy sein – sie haben komplementäre Interessen, sodass, wenn man sie zusammenfügt, das, was dabei herauskommt, zusammenpasst. Er macht Dinge aus Holz, und sie näht gern. Gemeinsam haben sie alle möglichen Geschenke für das Rudel gemacht, wie zum Beispiel Babywiegen und Babydecken, oder Quilts und Wandgestelle dafür."

Pam nickte langsam. „Sie ergänzen sich. Glaubst du, dass wir sowas haben?"

„Ich glaube, ich habe in den letzten paar Tagen während unserer Gespräche einiges gehört, aber ich will die

Ergebnisse nicht verfälschen, indem ich sie als Beispiel verwende. Du wählst also was aus, überlegst dir eine Antwort, aber bevor du mir deine sagst, gebe ich dir meine."

Sie grinste, als sie das Papier betrachtete. „Das könnte Spaß machen."

Der Schalk in ihren Augen war zurück. Gott, er liebte es, wenn ihre Augen glitzerten und ihr Gesicht strahlte. Es machte das Atmen leichter. Machte seine ganze Seele zufrieden.

Er bestückte die Haken mit Ködern, fügte einen Schwimmer dazu, warf die Leine aus und reichte ihr die erste Rute, bevor er seine eigene auswarf. Angeln war eine großartige Gelegenheit für lange Gespräche.

Pam strich mit dem Finger über die Liste, bevor sie ihn mit einem betont unschuldigen Gesichtsausdruck ansah. „Okay – was ist dein Lieblingssport?"

Einfach. „Laufen." Meistens als Wolf, aber es zählte trotzdem.

Sie schnaubte. „Meiner ist Baseball. Na ja, das funktioniert, wir können doch zusammen Apportieren spielen, oder?"

Er spritzte Wasser auf sie, und das Boot schaukelte, während sie lachte.

„Nummer zwei. Lieblingsbeschäftigung zum Entspannen?"

TJ packte die Angelrute fest, anstatt die Hand nach ihr auszustrecken. „Meine neue Antwort wäre, mit dir Liebe zu machen, aber vor dieser Woche hätte ich gesagt, Musik machen."

Das Aufblitzen des Verlangens in ihren Augen war unverkennbar. „Stopp!"

Sie starrten einander an. Ihr Puls hämmerte in ihrer Kehle, und es tat ihm weh. „Was ist deine Antwort, Pam?"

Sie leckte sich die Lippen. „Ich wollte eigentlich sagen, Musik hören."

Ja, sie könnte versuchen, es zu leugnen, aber es gab immer mehr Beweise dafür, dass sie füreinander bestimmt waren.

Ihre Angelrute zitterte, und sie richtete sich auf, während das Papier unbemerkt auf den Boden des Kanus fiel. Er zeigte ihr lachend, wie man den Fisch einholte. Während der nächsten zwei Stunden schwammen sie und fischten und ließen bis auf eine alle Regenbogenforellen wieder frei, während sie sich durch die gesamte Liste arbeiteten, die er vorbereitet hatte. Mittlerweile war das Papier nass und roch nach Fisch, und als es an der Zeit war, das Kanu wieder Richtung Anlegesteg zu wenden, nahm er von Pam nur noch zufriedene Gefühle wahr.

„Entspann dich, ich bringe uns nach Hause." Er paddelte angestrengt und blickte gelegentlich auf das Wasser. Die meiste Zeit streichelte sein Blick ihren Körper, während sie sich zurücklehnte und die Arme entspannt auf den Dollborden abstützte, während sie zu den nahegelegenen Bergen aufblickte.

„Ich kann nicht fassen, dass jemand hier mehr als nur einen Urlaub verbringen darf."

„Die Sommer sind fantastisch, aber an einem abgelegenen Ort wie hier bleibt man nicht den ganzen Winter, und im Norden kommt der Winter früh. Meine Freunde nutzen die Hütte normalerweise von Mai bis August, dann haben sie für den Rest des Jahres ein Haus weiter im Süden."

Er ruderte gleichmäßig und fragte sich, warum es viel schwieriger als sonst war, das Kanu auf einer geraden Linie zu halten. Es war zu klischeehaft zu glauben, dass ihr Anblick ihn vor Verlangen schwach machte.

„Wann kommt der Helikopter zurück, um uns abzuholen?" Während sie sprach, waren ihre Augen geschlossen, und die träge Zufriedenheit strahlte immer noch von ihr aus. TJ entspannte sich von dem plötzlichen Schreck, den ihre Frage ausgelöst hatte.

„Gegen zwei Uhr, in drei Tagen. Wir werden in Haines abgesetzt und müssen von da zurück zu Maggies und Eriks Haus fahren. Die Tour, die du machen wolltest, wird gegen Mittag zu Ende sein."

Sie lachte und beugte sich vor, um die Arme um ihre Knie zu schlingen. Ihre dunklen Augen funkelten ihn an. „Danke."

„Wofür?"

Pam gestikulierte um sich herum. „Dafür. Ich weiß, dass zwischen uns beiden noch immer Fragen offen sind, aber ich würde diese Erfahrung gegen nichts auf der Welt tauschen. Das gefällt mir viel besser, die Ruhe und Abgeschiedenheit. Es ist viel mehr mein Ding als in einer Gruppe zu reisen."

TJ blinzelte verwirrt. „Du hast dich dafür angemeldet. Am ersten Tag hast du gesagt, ich hätte kein recht –"

Sie hob eine Hand. „Ich weiß, dass das nichts für mich war. Ich habe Maggies Vorschlag angenommen, weil ich keine andere Möglichkeit gesehen habe, die Wildnis in kurzer Zeit zu erleben. Als Frau allein zu reisen, ist einfach nicht schlau. Es war gut, dass du mich entführt hast. Du wusstest tatsächlich ein bisschen was darüber, was ich wirklich gebraucht habe."

„Nun, ich bin froh, dass du dich jetzt damit wohlfühlst."

Ihr sanftes Lächeln neckte ihn. „Du fühlst dich wohl – auf eine vollkommen beunruhigende Art und Weise, die das Leben auf den Kopf stellt."

Sie lachten zusammen, und TJ atmete tief die frische Luft ein. Hoffnung regte sich.

Er wechselte die Paddelseite, um seinem Arm eine Pause zu gönnen. Sie näherten sich dem Anlagesteg, aber er hatte noch nie ein Kanu erlebt, das so unhandlich und langsam zu manövrieren war.

Pam ließ ihre Finger träge durch das Wasser gleiten, und Wellenbänder strömten auf beiden Seiten ihrer Finger aus. Es blieben noch drei Tage, um etwas zu bewirken.

TJ fragte sich einen Moment lang, welches Chaos in Haines herrschte, aber er würde sich damit auseinandersetzen, wenn es soweit war. Jetzt würden sie eine Regenbogenforelle grillen, und der Abend wartete auf sie.

Aus dem Ausdruck in ihren Augen schloss er, dass sie ein paar Ideen hatte, wie sie ihre Zeit verbringen könnten, und er würde bereitwillig an allem teilnehmen, was sie vorhatte.

Sie kamen am Anlegesteg an und er hielt sich an einem Pfeiler fest, als sie herauskletterte. Dann lud er die Ausrüstung aus, bis er sich nach dem Anker umsah.

Pam begann zulachen und deutete hinter das Kanu. „Soll das Gemüse die Beilage zum Fisch heute Abend sein?"

Er drehte sich um und sah, dass hinter dem Boot ein Haufen Seegras hing. „Wo kommt das denn her?" Er kletterte auf den Steg und folgte mit dem Blick ihrem Zeigefinger. „Oh Scheiße. Kein Wunder, dass das Paddeln so schwer war."

Pam lag bäuchlings auf dem Steg, um das Ankerseil hochzuziehen. Sie zog und zog das Gras und den Anker hoch, den er nicht eingebracht hatte, sondern stattdessen über die gesamte Länge des Sees hinter sich hergezogen hatte.

Er seufzte. Ja, zwei Schritte vorwärts, einen Schritt zurück. Zumindest war es besser, als wenn er das Boot zum Kentern gebracht hätte.

TJ saß auf den Stufen der Veranda und zupfte an den Saiten der alten Gitarre, die sie im Abstellraum gefunden hatten. Seit sie herausgefunden hatte, dass er ein Wolf war, hatte er jeden Tag für sie gespielt. Sie freute sich immer mehr auf die ruhige Zeit, in der sie sitzen und nachdenken konnte.

Heute brauchte sie es mehr denn je. Morgen würde ihr letzter ganzer Tag allein sein, bevor der Hubschrauber zurückkehrte. Pam machte es sich auf der Hollywoodschaukel gemütlich und beobachtete den Sonnenuntergang. Sie blickten geradeaus auf den See, und der Schein, der hinter den westlichen Bergen den Himmel färbte, tauchte die gesamte Szene in Orange- und Goldtöne. Einzelne Strahlen fielen auf sie, und sie lächelte, als TJs dunkle Hautfarbe aufgehellt wurde und ein leuchtend rosa Blitz seinen Oberkörper erhellte.

Die sanften Klänge der Gitarre hüllten sie ein. Sie schloss die Augen, schaukelte verträumt und genoss ihre Situation. Ein voller Bauch, ein Glas Wein neben ihr. Musik nach dem Abendessen. Das Leben konnte nicht viel besser werden.

Sie hatte Muskelkater von den verschiedenen Aktivitäten der vergangenen Tage. Getreu seinem Wort ließ TJ sie alle möglichen Outdoor-Sportarten ausprobieren, darunter auch eine verrückte Kajakfahrt auf dem nahegelegenen Fluss.

Auch getreu seinem Wort waren einige ihrer Schmerzen auf den sehr häufigen und ausgesprochen dekadenten, heißen Wolfsex zurückzuführen, den sie genossen hatten. Und jedes Mal, wenn er ein Kondom aus dem knapper werdenden Vorrat genommen hatte, war sie nahe daran gewesen, ihm zu sagen, er solle es vergessen ...

Es war offiziell. Sie verlor den Verstand.

Die Entführung war kein Thema mehr. Sie waren so gute Freunde geworden, dass es schwierig war, sich daran zu erinnern, dass das nicht das war, wofür sie sich angemeldet hatte. Sie hatte noch Fragen, aber in ihr lauerte der Verdacht, dass sie ihn, wenn die Woche offiziell zu Ende ging, nur ungern zurücklassen und sich auf den Weg nach Süden machen würde, um wieder in ihren Alltag zurückzukehren.

Die Veränderung ihrer Denkprozesse verwirrte sie.

„Das war aber ein großer Seufzer." TJ betrachtete sie genau, seine dunklen Augen spähten in ihre Seele. „Welche Gedanken machen dich so traurig?"

Scheiße! Der entspannte Frieden verblasste ein wenig. Es blieb nur noch so wenig Zeit, bis sie wieder in die Zivilisation zurückmussten, und sie wusste immer noch nicht, was sie tun sollte. „Ich denke an alles, was du mir gezeigt hast. Du weißt schon, die Gefährtenliste und alles."

Er spielte eine Minute lang leise weiter, während die Melodie der von den Fingern gezupften Saiten um sie herum wehte. Er wollte sie beruhigen, da war sie sich sicher, aber als die mittlerweile vertraute Melodie, die er spielte, ihre Ohren und ihr Herz erfüllte, drohten Tränen aufzusteigen. Es war dasselbe Lied, das er auf der

Hochzeitsfeier gesungen hatte, von ewiger Liebe und neuer Hoffnung.

Sie wollte immer mehr glauben.

TJ lehnte sich am Geländer der Veranda zurück. „Da ist dieses ältere Ehepaar, das die Chilkat-Bäckerei in der Stadt betreibt. Beide sind Menschen. Ich glaube, sie haben gesagt, dass sie seit fünfundfünfzig Jahren verheiratet sind."

Pam warf ihm einen misstrauischen Blick zu. Worauf wollte er hinaus? „Und?"

Er legte die Gitarre beiseite und setzte sich zu ihr auf die Schaukel. „Hast du jemals so ein Paar gesehen? Leute, die schon so lange verheiratet sind, dass sie scheinbar die Gedanken des anderen lesen können?" Er legte eine Hand um ihren Nacken, um die verspannten Muskeln zu massieren. „Sie scheinen jederzeit genau zu wissen, was der andere braucht."

„Willst du damit sagen, dass Menschen auch eine Gefährtenbindung haben können? Das habe ich noch nie in meinem Leben gehört."

„Okay, vielleicht ist es nicht genau dasselbe, aber es muss ziemlich nah dran sein. Ich habe es gesehen. Sie kennen sich so gut, dass sie die Gedanken und Bedürfnisse des anderen vorhersehen. So ist es bei Wölfen – das Einzige, was anders zu sein scheint, ist die Geschwindigkeit, mit der es passiert. Bei Wölfen ist es augenblicklich. Bei Menschen habe ich es bei Paaren gesehen, die schon lange zusammen sind."

Pam biss sich auf die Lippe. *Scheiße!* Wieder er mit seiner Logik. Sie konnte sich der Logik nicht widersetzen, und doch wollte die Angst in ihrem Bauch nicht verschwinden.

„Wie sind deine Eltern?"

Sie drehte sich zu ihm um. Ja, er kannte die richtigen

Knöpfe, die er drücken musste, viel besser als jeder andere Mensch, den sie zuvor getroffen hatte. Nicht einmal Maggie hatte so schnell nach ihrer Familie gefragt. „Wir sind geschieden."

TJ verzog das Gesicht. „Scheiße!"

„Ja."

„Okay, ich denke, sie sind kein gutes Beispiel." Er hielt inne und starrte sie einen Moment lang an. „Moment, was meinst du mit ‚wir sind geschieden'?"

Pam fuhr sich mit der Hand durchs Haar. „Sie haben sich scheiden lassen, als ich etwa zehn war, und haben damit mein Leben zur Hölle gemacht. Beide haben sich gegenseitig die Urlaubspläne versaut, um sich aneinander zu rächen. Sie haben um mich gestritten wie Hunde um Knochen, aber wenn sie Zeit mit mir hatten, haben sie mich ignoriert oder mir ziemlich deutlich gezeigt, dass es sie genervt hat, dass sie ihre Energie für mich aufwenden mussten. Als ich sechzehn war, hatte ich genug. Ich habe mich von ihnen scheiden lassen und bin zu meiner Großmutter gezogen, die von den beiden vollkommen angewidert war. Sie ist gestorben, als ich neunzehn war. Seitdem bin ich allein."

Sie sagte es einfach, eine Feststellung von Tatsachen. Vor zehn Jahren ihr Leben in die eigenen Hände zu nehmen, musste schwer gewesen sein, aber es war nötig gewesen. Es war die richtige Entscheidung gewesen, davon war sie überzeugt.

TJ küsste sanft ihre Schläfe und schob sie dann unter seinen Arm. Er flocht seine Finger zwischen ihre und legte ihre verbundenen Hände in seinen Schoß. „Siehst du deine Eltern jemals?"

Sie schüttelte den Kopf. „Und das liegt nicht daran, dass ich mich vor ihnen verstecke. Ehrlich gesagt bin ich nicht mehr bitter und wünsche ihnen nichts Schlechtes. Ich habe die Verbindungen zu ihnen abgebrochen und beschlossen, dass ich für mein Glück selbst verantwortlich bin. Es schien ihnen einfach egal zu sein. Ich glaube, ich erinnere sie aneinander oder so, und sie hassen den anderen mit aller Macht." Sie zuckte mit den Schultern.

Er verzog das Gesicht. „Dir also Geschichten über menschliche Happy Ends zu erzählen ..."

Pam lehnte sich an ihn und seufzte. „Reine Fantasie. Werwölfe sind viel glaubwürdiger." Und viel begehrenswerter, soweit sie das beurteilen konnte. TJ schien genau zu wissen, wer er war und wo er stand.

Hatte er das Selbstvertrauen dadurch gewonnen, dass er ein Wolf war?

TJ streichelte zärtlich ihre Finger mit seinem Daumen. „Ich hatte mein ganzes Leben lang das Rudel um mich. Auch wenn sie mich oft wegen meiner Tollpatschigkeit aufgezogen haben, haben sie mich immer unterstützt. Mein Bruder, meine Freunde, ja, im Grunde ... alle."

„Du bist nicht tollpatschig."

Er lachte laut. „Okay, das ist noch ein Thema, das wir besprechen müssen. Ähm, doch, das bin ich. Aus irgendeinem Grund bin ich bei Weitem nicht so chaotisch, wenn ich in deiner Nähe bin." Er schmiegte sich an ihren Hals. „Muss diese ‚du vervollständigst mich'-Sache sein."

Sie versetzte ihm einen Klaps. „Unsinn! Ich denke, du bist wie ein Welpe, der gerade erst erwachsen wird. Du hättest sehen sollen, welche Probleme mein erster Hund hatte –"

Er stöhnte. „Können wir uns darauf einigen, dass du mich nicht mit deinen Hunden vergleichst? Bitte?"

Sie schnaubte. „Wir werden sehen."

Sie drehte sich um und starrte ihn an. Sein ernster Gesichtsausdruck eroberte ihr Herz.

„Pam, kannst du mir was sagen? Habe ich dich auch nur ansatzweise davon überzeugt, dass das, was ich gesagt habe, wahr ist? Dass wir Gefährten sind?"

Ihre Ängste und Zweifel versuchten verzweifelt, trotz der unbestreitbaren Bindung zwischen ihnen zu bleiben, die mit jedem Moment, den sie mit ihm verbrachte, stärker wurde.

„Kannst du nicht durch deine Wolfsverbindung sagen, was ich denke?" Sie brachte nicht mehr als ein Flüstern heraus, und die Anstrengung, die Worte überhaupt auszusprechen, war enorm. Sie wollte glauben, wollte es so sehr.

Er überraschte sie, indem er sie auf seinen Schoß zog und ihren Kopf an seine Brust legte, bevor er die Schaukel anstieß. Er legte seine Arme um sie, als würde er einen Schutzschild um sie ziehen. „Ich spüre alles Mögliche von dir, und doch sind deine Gefühle so durcheinander, dass ich es nicht verstehen kann. Angst, Sehnsucht, sexuelles Bedürfnis. Manchmal habe ich das Gefühl, als wolltest du gleich sagen, dass du mich liebst. Im nächsten Moment willst du dich von mir verabschieden, und willst, dass ich dich am Flughafen absetze und dich ohne ein Wort des Protests gehen lasse."

Ähm, ja, das würde ungefähr die Bandbreite des Chaos abdecken, das in den letzten paar Tagen in ihrem Kopf geherrscht hatte.

„Spürst du all das wirklich, oder rätst du nur?"

Jetzt war es an ihm, zu seufzen. „Ich kann deine Gedanken nicht Wort für Wort lesen, und wir können nicht im Geist miteinander kommunizieren. Aber soweit ich das beurteilen kann, bin ich, was die Gefährtenbindung angeht, genauso mit dir verbunden, wie ich es mir erträumen kann."

„Ich habe das Gefühl, dass ich dich mein ganzes Leben lang gekannt habe." Das geflüsterte Geständnis löste die Anspannung in seinem Inneren ein wenig.

Er drückte sie sanft an sich und küsste sie auf den Kopf. Sein Herz pochte heftig unter ihrem Ohr, und sie schlang ihre Arme um seinen Oberkörper, um so nah wie möglich an ihn heranzukommen.

Dann begann TJ, a cappella zu singen, seine satte Stimme kitzelte ihre Ohren. Füllte sie mit Hoffnung und einer tiefen Sehnsucht.

My love will never fade, it lingers like the light.
Fills all the mountaintops, burning ever bright.
My love is like the tide, fresh and clean each day.
It's pure and strong, and all that I can say —
You fill my days, you fill my nights, you're everything, all I
need,
Forever
My love is like the spring, it lingers like the snow.
It only melts away, to bring new growth.
My love is like the wind, running wild and free.
Together now, won't you come with me —
You fill my days, you fill my nights, you're everything, all I
need,
Forever

Er ließ die Worte verklingen, die Intensität seines Liedes verschmolz mit all den Dingen, die sie von ihm fühlte. Sein zartes Herz. Sein Humor. Direkt und unverblümt, aber niemals grausam, war er genau das, was sie sich von einem Freund wünschte. Alles, was sie sich von einem Liebhaber wünschte.

Ihre letzten Zweifel lösten sich auf. Logik spielte dabei eine Rolle, und er hatte sein Bestes getan, um ihr anhand der Gefährtenliste zu zeigen, dass die Bindung existierte und es Beispiele für jeden Punkt gab. Aber irgendwann musste das Herz dem Kopf folgen, und dieser Moment war jetzt gekommen.

Sie drückte ihre Hand an seine Wange und küsste ihn zärtlich, bevor sie von seinem Schoß kroch und ihre Hand ausstreckte.

„Was –?"

Sie schüttelte den Kopf. Sie hob einen Finger an ihre Lippen und goss ihre Energie in das, was sie in ihrem Inneren fühlte, um es ihm zu zeigen. Die tiefe Zufriedenheit, die sie in seiner Gegenwart spürte. Die Leidenschaft, die sie für ihn empfand.

Die Liebe.

Sie gingen Hand in Hand in die Hütte, wo sie ihn ins Schlafzimmer führte. Sie zog sich schnell aus und drehte sich um, um ihm zu helfen. Bei jeder Berührung ihrer Hände dachte sie an einen Moment, in dem er sie letzte Woche zum Lächeln gebracht hatte. An einen Ausdruck, den sie auf seinem Gesicht gesehen hatte. An die Liebe, die sie in seinen Augen erkannt hatte. Sie brauchte keine Worte – er hatte es ihr die ganze Woche über mit jeder Geste, jeder Berührung gesagt.

Jedes Mal, wenn er sich in seinen Wolf verwandelt hatte und an ihrer Seite umhergewandert war oder sich weich und warm an sie geschmiegt hatte. Er fühlte sich vollkommen wohl in seinen beiden Häuten, und er war nicht zu Täuschung fähig.

Sie zog ihn zum Bett, und sie stellten die Verbindung her, Haut an Haut, die Hände streichelnd, forschend. Ihre Lippen trafen einander zu einem atemlosen Kuss, der sanft und zärtlich begann, bevor er hungrig wurde. Gierig und leidenschaftlich rollten sie hin und her, bis es ihr gelang, sich in eine Position zu manövrieren, in der seine Beine unter ihr eingeklemmt waren. Sein Schwanz drängte sich zwischen ihre Schamlippen, und sie glitten in einem perfekten Moment zusammen. Er atmete keuchend aus, und sie spürte, wie sich seine Muskeln anspannten, als ihm klar wurde, dass sie ohne Barriere zwischen sich Liebe machten.

TJ nahm sie in seine Arme und sah ihr in die Augen. Er fragte nicht, ob sie sicher war, und unternahm nichts, um die Schönheit ihres Geschenks zu stören. Er sagte nichts, nicht mit Worten.

Aber seine Augen sagten: „Ich liebe dich."

Sein Körper sagte es. Das galt auch für alle Emotionen, die sie von ihm spürte, ob nun eine Erfindung ihrer Fantasie oder nicht. Alle Anzeichen deuteten darauf hin, dass er ganz ihr gehörte.

Sie bewegten sich zusammen, die Hüften wiegten sich, die Spannung baute sich auf. Das schmerzende Bedürfnis musste von ihm gestillt werden, nicht nur körperlich, sondern in jeder Hinsicht. Kuss um Kuss fiel, während TJs Hände über ihren Körper streichelten. Er glitt immer wieder in sie hinein und zog ihren Oberschenkel hoch über seine Hüfte, während sie Seite an Seite auf der Matratze lagen. Sie stand kurz davor, befreit zu werden. Er vergrub sein Gesicht an ihrem Hals, richtete sich ein wenig auf, um tiefer in sie einzudringen, wobei er durch den neuen Winkel fester gegen ihre Klitoris drückte. Das kitzelnde Gefühl, das ihrem Höhepunkt vorausging, war noch nie zuvor so intensiv gewesen, und jeder Nerv schrie nach

Befriedigung. Sie hatte keine Ahnung, wie heftig die Reaktion ihres Körpers sein würde, wenn er seine Zähne an ihren Hals ansetzen und zubeißen würde und sich tief vergrub, während sie beide zusammen kamen.

Strahlendes, weiß glühendes Vergnügen strömte über sie, jeder Zentimeter ihrer Haut sensibel und prickelnd. Jeder Atemzug schmeckte nach ihm, jeder Gedanke war von seiner Liebe eingehüllt. Ihre Körper verbanden sich, intim und eng, während immer wieder Wellen der Glückseligkeit pulsierten. Der Knoten um das Bündel der Träume, die sie zusammengebunden und als unmöglich verdrängt hatte, löste sich auf.

Für immer war kein Mythos, genauso wenig wie Werwölfe.

Sie lagen lange Zeit so verbunden da, und ihre Atmung normalisierte sich langsam wieder. TJ küsste sie – ihren Hals, ihre Wange, ihre Stirn. Ein zärtlicher, anhaltender Kuss auf ihren Mund.

Als er sprach, berührten ihre Lippen einander. „Ich kann dein Herz in meiner Seele spüren."

10

TJ schloss widerwillig die Tür zur Hütte. Keiner von ihnen war bereit zu gehen.

Er drehte sich um und sah Pam, die ihn anlächelte, ihren Rucksack bereits auf dem Rücken, als sie sich auf den Abflug mit dem Hubschrauber vorbereiteten. Er konnte immer noch nicht fassen, dass sie diesen letzten Schritt getan und ihn akzeptiert hatte. Ein Tag, um ihre Gefährtenbindung zu feiern – das war nicht genug.

„Ich hätte einen zweiwöchigen Trip buchen sollen. Dann hätten wir noch eine Woche bleiben können."

Sie streckte ihre Hand aus, und er ging zu ihr, und sie schlenderten mit verschränkten Fingern zur Wiese.

TJ hob ihre Hand an seinen Mund und küsste zärtlich ihre Fingerknöchel. „Obwohl ich gern mehr Zeit allein hätte, müssen wir uns irgendwann der realen Welt stellen."

Oh, verdammt, und es gab einiges, dem sie sich stellen mussten. Komischerweise machte er sich jetzt, da er und Pam nun Gefährten waren, nicht mehr so große Sorgen darüber, welche Folgen diese Woche haben würde. Sie waren wirklich zusammen – das ließ sich nicht leugnen – und niemand konnte sie auseinanderreißen.

Sie ließen ihre Rucksäcke am Rand der Wiese fallen, und Pam kehrte in seine Arme zurück und legte ihren Kopf an seine Brust. Sie holte tief Luft. „Können wir irgendwann hierher zurückkommen?"

„Definitiv."

Er spielte mit ihren Haaren, während sie schweigend zusammenstanden. Seitdem sie ihre Paarung vollzogen hatten, wusste er genau, was sie empfand. Im Vergleich zu vorher war der Reichtum und die Tiefe der Gefühle unglaublich. Als hätte er bisher einen altmodischen Schwarz-Weiß-Film auf einem Fünf-Zoll-Bildschirm gesehen und sah jetzt Blu-Ray in HD-Qualität über einen wandgroßen Bildschirm.

Im Moment war sie zufrieden, und er würde alles tun, damit das auch so blieb.

„Du weißt, dass wir das große Kennenlernen der Familie vor uns haben, oder?", warnte er sie.

Pam hob ihre Arme, um sie um seinen Hals zu legen. „Ich denke, ich kann damit umgehen. Maggie und Erik werden noch nicht zurück sein, aber ich habe keine Angst, deinen Bruder oder seine Frau offiziell kennenzulernen. Oder irgendjemand anderen, den ich kennenlernen muss."

TJ küsste sie und konnte einer weiteren Dosis ihres Geschmacks nicht widerstehen, um ihm Kraft zu geben. Es würde auf jeden Fall ein interessanter Tag werden.

Das Geräusch des Helikopters drang zu ihnen, lange bevor sie ihn in der Ferne entdeckten, und sie klammerte sich für einen Moment an ihn und drückte ihn fest. „Ich weiß, wir müssen noch eine Menge klären, aber ganz ehrlich? Es wird funktionieren. Da bin ich mir sicher."

„Natürlich." Ihr Glaube wurde zu seinem Glauben, und es gab nichts, was sie nicht tun konnten.

Shaun landete und sah grinsend aus dem Fenster. Sie warfen ihre Rucksäcke in den Passagierbereich und kletterten hinterher, schnallten sich an und setzten schnell ihre Kopfhörer auf.

Sie hoben ab, und Pam beugte sich über ihn und blickte zurück auf die Hütte und den See, während sie einen Bogen flogen, um nach Haines zurückzukehren. Ihr Körper war warm und weich an seinem, und er legte einen Arm um sie, um sie festzuhalten.

„Nun, ich muss nicht fragen, ob ihr eine schöne Zeit hattet", klang Shauns amüsierte Stimme aus dem Headset. „Herzlichen Glückwunsch, ihr zwei!"

Pam warf TJ einen überraschten Blick zu. Er drückte die Sprechtaste, um es zu erklären. „Der Geruchssinn eines Wolfs. Shaun weiß, dass wir Gefährten sind."

„Er weiß es ..." Sie wurde rot. „Okay, vielleicht bin ich doch noch nicht so bereit, dein Rudel kennenzulernen, wie ich dachte."

TJ ergriff ihre Hand und drückte sie.

Shaun meldete sich wieder zu Wort. „Ich muss euch einen kurzen Überblick verschaffen. Ich habe es die ganze letzte Woche geschafft, mich vom Radar deines großen Bruders fernzuhalten, aber ich habe von meinem Alpha in Whitehorse den direkten Befehl erhalten, mich bei ihm zu melden, sobald ich euch beide sicher nach Hause gebracht habe. Das ist in Ordnung, denn das bedeutet, dass ich nicht zu Kyle muss."

TJ fluchte. „Ich hatte nicht vor, dich in Schwierigkeiten zu bringen, als ich dich um deine Hilfe gebeten habe."

„Hey, keine Sorge. Du hättest das Gleiche für mich getan. Du bist ein guter Freund, TJ, und es war schön, euch zwei Turteltauben helfen zu können. Ich glaube nicht, dass mein Alpha mir den Marsch blasen wird – er ist im Herzen ein Romantiker. Lässt uns bei Rudeltreffen kitschige Mädelsfilme anschauen, yada, yada."

„Aber lass mich wissen, wenn ich zu dir kommen und mit deinem Alpha sprechen soll. Ich habe das Gefühl, dass ich mich in der nächsten Zeit oft rechtfertigen werde."

Shaun hielt einen Daumen hoch. „Jedenfalls habe ich dein Rudel per E-Mail kontaktiert, um ihnen mitzuteilen, dass ich euch am Flugplatz absetzen werde. Es sollte jemand da sein, der euch abholt. Ich fürchte, danach seid ihr auf euch allein gestellt."

Pams Hand in seiner war die einzige Erinnerung, die er brauchte. „Ich werde nie wieder allein sein."

Sie lehnte sich an ihn und benutzte das Headset. „Also ist die Kacke schon am Dampfen, oder?"

„Ich weiß nicht, warum es so sein sollte. Du wirst doch nicht die Cops rufen und mich verhaften lassen, oder?"

„Ich bin die Cops."

Sie grinsten einander an.

Ein beiger Minivan stand am Rand der Landebahn – Tads und Missys Fahrzeug – und TJ atmete erleichtert auf. Zuerst mit den Omegas des Rudels zu reden, war perfekt.

TJ reichte die Rucksäcke an Pam weiter und klopfte Shaun dann auf die Schulter. „Nochmal vielen Dank für alles."

„Hey, gib mir einen Moment." Shaun drehte sich auf seinem Sitz um, um TJ anzusehen. „Weißt du was? Ich denke, sie werden sehr überrascht sein, wenn sie dich treffen – ich meine dein Bruder und die anderen. Du hast dich verändert. Irgendwas ist mit dir passiert, und du bist mehr als der Wolf, den ich vor einer Woche abgesetzt habe."

TJ runzelte die Stirn. „Wie meinst du das?"

Shaun schüttelte den Kopf. „Ich bin mir nicht sicher, aber sagen wir es so: Ich bezweifle, dass ich dir noch befehlen könnte, irgendwas für mich zu tun."

Fuck! „Wirklich?"

„Wirklich." Shaun zwinkerte ihm zu und wandte sich wieder seiner Instrumententafel zu. „Jetzt raus mit dir, deine Gefährtin wartet auf dich."

TJ ging zu Pam auf dem Landeplatz, und sie schulterten ihre Rucksäcke und machten sich auf den Weg zum Van.

Seine Gedanken kreisten um das, was Shaun gesagt hatte. Er konnte ihn nicht mehr herumkommandieren? Shaun war ihm immer überlegen gewesen – verdammt, die meisten Wölfe schienen ihm überlegen zu sein. Nicht, dass sie eine große Sache daraus gemacht hätten, aber normalerweise war er *der kleine Bruder des Alpha* und ansonsten für die meisten im Rudel nicht sehr interessant.

Tad stieg aus dem Van und öffnete die Schiebetür. Dann trat er zurück und musterte sie von oben bis unten, während sie ihre Rucksäcke im Fahrzeug verstauten. Sein schiefes Lächeln war einigermaßen beruhigend.

„Willkommen zurück! Und willkommen im Rudel, Pam. Herzlichen Glückwunsch!"

Pam zupfte an TJs Ärmel. „Jeder weiß auf den ersten Blick, dass wir Gefährten sind? Daran werde ich mich gewöhnen müssen."

TJ öffnete ihr die Beifahrertür und half ihr ein. „Ich hab' ja gesagt, es gibt Dinge, die schwer zu erklären sind –

man muss sie irgendwie erleben, um sie zu verstehen." Er rutschte auf den Rücksitz.

Sie drehte sich um, um Tad zu antworten, der sich hinter das Steuer gesetzt hatte. „Danke. Du musst mich warnen, wenn ich irgendwas falsch mache. Du bist der ... Omega des Rudels, oder?"

Tad nickte. „TJ hat dir ein bisschen was darüber erklärt, wie Wölfe ticken?"

„Ja, er hat mir eine Menge erklärt. Das hat aber nicht viel zu heißen, bis ich es in Aktion sehe. Unterm Strich hatte ich nicht vor, einem Country-Club beizutreten, ich ..."

„Wir wollen einfach nur zusammen sein." TJ rutschte zwischen den Sitzen nach vorn und legte eine Hand auf Pams Arm.

„Nun, zusammen ist großartig und so weiter, aber ich hoffe, ihr seid bereit, die Suppe auszulöffeln, die ihr euch eingebrockt habt. Robyn ist die ganze Woche rumgelaufen, als würde gleich das große Gewitter losbrechen, und Kyle ist vor einer halben Stunde zurückgekommen, und er sieht auch ziemlich nach übler Laune aus. Missy versucht, beide zu beruhigen, bevor wir ankommen, aber wir werden sehen, wie gut es ihr gelingt."

„Sie müssen sich damit abfinden." Der Knoten in seinem Magen strafte seine mutigen Worte Lügen.

Pam warf einen Blick über ihre Schulter, und ein sanftes Gefühl, das an eine Brise erinnerte, erfasste ihn. Sie stellte sich vor, wie sie zusammensaßen, er Musik machte und sie die Landschaft bewunderte. Sie gab ihm ihre Ruhe, und er zog ihre Finger an seine Lippen.

Er küsste sie zärtlich und flüsterte dann: „Cooler Trick."

Sie lächelte. „Ich glaube, ich habe den Dreh raus."

Tad summte. „Das ist interessant. TJ, ich kann deine

Gefühle lesen wie immer, aber Pam – es ist, als wäre sie ein Wolf und doch nicht. Ich hatte keine Ahnung, dass man bei einer Gefährtenbindung zwischen Menschen und Wölfen Emotionen teilen kann."

„Aber du bist noch nicht lange ein richtiger Wolf, oder?", fragte Pam.

„Nein. Doch die Essenz dessen, was ich spüre, ist, dass ihr beide zusammengehört und gut füreinander seid. Aber das ist meine Interpretation, und es ist nicht meine Aufgabe, Entscheidungen über euer Leben für euch zu treffen."

„Genau", murmelte Pam.

TJ lachte. „Sag es nur, Pam, sag uns, wie du dich wirklich fühlst."

Tad lächelte. „Also, was *hast* du entschieden?"

Sie zog den Kragen ihres T-Shirts zur Seite, um die Narbe zu zeigen, die TJ hinterlassen hatte, als er sie gebissen hatte. Die Wunde war viel schneller geheilt als erwartet – irgendeine Art Wolfsmagie.

Tad nickte. „Also, damit ist es ziemlich klar. Weißt du, es ist irgendwie interessant, dass ich dich nicht so lesen kann, wie ich den Rest des Rudels lesen kann. Ich denke, du wirst uns allen guttun."

Er bog in die lange, schmale Auffahrt ein, die zu den an den Waldrand gebauten Häusern am Stadtrand von Haines führte. Er hielt vor einem älteren Blockhaus, dessen breite Veranda sich über die gesamte Länge des Gebäudes erstreckte. TJ stieg schnell aus und ging zu Pam. Ein Dreirad mit rosafarbenen Flatterbändern stand in der Mitte des Gehwegs, und Tad schob es zur Seite, als sie zur Haustür gingen.

TJ ergriff Pams Hand und verflocht seine Finger mit ihren.

„Ich finde, sie sollten uns eine letzte Mahlzeit oder sowas anbieten." Pam summte einen Trauermarsch und TJ lachte.

Tad sah sie stirnrunzelnd an. „Welches Lied war das?"

Pam verdrehte die Augen und starrte TJ finster an. „Siehst du, ich habe dir gesagt, dass ich nicht singen kann. So viel zu deinem Unterricht am Abend in der Hütte."

TJ zuckte mit den Schultern. „Ich bin dein Gefährte, aber Wunder kann ich deshalb trotzdem nicht wirken."

Sie knurrte und versetzte ihm einen Klaps auf den Arm.

Er fing den Schlag ab, zog sie an sich und drückte seine Lippen auf ihre. Sie schmeckte nach Sonnenschein und Sex, und wenn er nicht sehen müsste, was Kyle und Robyn als Strafe geplant hatten, würde er sie nehmen und sich für ein paar Stunden mit ihr im Wald verstecken.

Oder ein paar Tage. Kein Problem.

Sie erwiderte den Kuss und strich mit ihren Fingern durch sein Haar. Er liebte die Art und Weise, wie ihre Zunge die Kontrolle übernahm, seinen Mund erkundete und neckte, bis sein ganzer Körper den Weckruf hörte. Sie kam näher, ihre weiche Haut und ihre starken Muskeln passten perfekt zu ihm. Vor allem, als er ihren Po packte, sie fester an sich zog und –

„TJ, Pam. Freut mich sehr, dass ihr vorbeischaut." Kyles tiefe Stimme zerriss den sexuellen Dunst, und sie sprangen auseinander. Sein Bruder drehte sich auf dem Absatz um und verschwand im Haus, wobei er die Tür hinter sich offen ließ.

Pams Wangen waren gerötet, aber sie hob ihr Kinn und ging neben ihm weiter.

„Er ist nicht wirklich ein Arsch. Ich meine, manchmal schon, aber normalerweise ist er ein ziemlich guter Typ.

Wirklich." Obwohl es so aussah, als könnte das einer der „Arschloch"-Tage sein.

Pam schnaubte. „Mach dir keine Sorgen um mich, ich habe das Gefühl, dass es hier um deinen Arsch geht."

TJ nickte langsam. „Da könntest du recht haben."

Sie betraten den Hauptraum, und TJ zählte die Anwesenden. Kyle und Robyn, Tad und Missy. Eine Reihe anderer hochrangiger Wölfe war auch da, aber im Großen und Ganzen schien es eine recht freundliche Versammlung zu sein.

Na ja, freundlich, bis auf Robyn, die ihm einen bösen Blick zuwarf, als sie sich an die Wand gegenüber lehnte. Kyle stand am Fuß der Treppe, die Arme vor der Brust verschränkt wie ein verdammter Bulldozer, bereit, ihm in den Arsch zu treten.

Selbstvertrauen hielt TJ aufrecht. Neben ihm stand seine Gefährtin, deren Belustigung über die Situation auf ihn einströmte und seine Sorgen beruhigte. Verdammt, wenn sie sich keine Sorgen machte, warum sollte er es dann tun? Das waren seine Familie und seine Freunde. Sie würden nichts tun, was nicht aus Liebe geschah.

„Ähm, hallo, alle zusammen. Ihr alle kennt Pam ja schon von der Hochzeit, aber ich würde sie euch gern nochmal vorstellen. Es ist offiziell, sie hat mich als ihren Gefährten angenommen."

Als wäre das eine Überraschung für jeden, der eine Nase hatte, aber er dachte, um Pams willen sollte er es sagen, bevor irgendein Klugscheißer beschloss, zu fragen, wie um alles in der Welt sie es geschafft hatten, so nach Sex zu riechen, wie sie es taten.

Es war nicht seine Schuld, dass sie in der Hütte zusammen geduscht hatten, bevor sie gegangen waren. Das war ihre Idee gewesen.

Kyle kam näher und ragte über ihm auf. „Zieh nie wieder so einen verrückten Stunt ab. Was zum Teufel hast du dir dabei gedacht?", polterte er.

TJ öffnete den Mund, um zu antworten, als Pam zwischen sie trat. Sie stemmte die Fäuste in die Hüften und starrte Kyle böse an. „Schrei ihn nicht an! Er hat sich schon bei mir entschuldigt, und ich bin die Einzige, deretwegen er sich Sorgen machen muss."

Heilige Scheiße! Kyles Kinn landete fast am Boden.

Etwas abseits starrte Tad an die Decke und biss sich auf die Lippe. TJ sah genau hin. Er hätte schwören können, dass Tad lachte.

Kyle räusperte sich und sah sich verlegen im Raum um. Als er wieder sprach, fuhr er leiser und respektvoller fort. „Tut mir leid, du hast recht. Ich muss meine Stimme nicht erheben. Ich rede jetzt nicht von dir und ihm. Ich spreche davon, dass er keine Nachricht hinterlassen hat, wohin er dich gebracht hat, oder dass er einen Plan B hat, um Hilfe zu rufen, falls ihr in Schwierigkeiten geratet. Er weiß, dass, was er abgezogen hat, gefährlich ist. Wir müssen da draußen vorsichtig sein."

Pam nickte langsam. „Oh. Ich dachte, du wolltest ihm den Arsch aufreißen, weil er mich entführt hat. Wenn er sich nicht an das Protokoll gehalten hat, nur zu." Sie trat zurück und gestikulierte vage in seine Richtung.

Der Raum brach in Gelächter aus.

Kyle hob eine Augenbraue. „So nett von dir, mir die Erlaubnis zu geben."

TJ kratzte sich am Gesicht, um sein eigenes Schmunzeln zu verbergen. Ja, das würde gut werden, sobald Kyle ihm den Kopf zurechtgerückt hatte, denn er hatte recht, was die Sicherheitsbedenken anging.

Kyle holte ein Handy aus der Tasche und drückte es TJ

in die Hand. „Das wirst du wahrscheinlich zurückwollen – ich habe es nach eurem Abflug im Basislager gefunden. Oh, und hast du überhaupt das Satellitentelefon ausprobiert, das du mitgenommen hast? Die Batterien waren fast leer."

Ein kräftiger Schlag landete auf seinem Arm, als Pam ihn schlug. „Fast leer? Was, wenn ich den Hubschrauber hätte rufen wollen?"

„Aber du hast es ..." TJ biss sich auf die Lippe. Auf keinen Fall würde er sie darauf hinweisen, dass sie es kaputt gemacht hatte.

Pam knurrte ihn an, ihre Augen blitzten. „Nächstes Mal überlass mir die Reiseplanung."

TJ versuchte, sein Lächeln zu verbergen. „Natürlich."

„Nun, das ist interessant. Ich habe noch nie einen Menschen getroffen, der mehr Alpha war", meldete sich einer der anderen Wölfe zu Wort.

Pam runzelte die Stirn. „Alpha? Ist das nicht dein Job?", fragte sie Kyle.

Er schüttelte den Kopf. „Ja und nein. Bei Alpha geht es nicht nur um Führung, es bedeutet auch, wie stark man ist, sowohl geistig als auch körperlich. In jedem Rudel gibt es mehr als einen Alphawolf. Sieh Erik und Maggie an, die Rudel-Betas, sind genauso stark wie Robyn und ich, aber sie haben entschieden, ihre Stärken auf andere Weise zu nutzen. Wir können nicht alle an der Spitze stehen, weißt du?"

„Also gibt es kein Problem, weil wir zusammen sind?" Pam kehrte an TJs Seite zurück.

Kyle zuckte mit den Schultern. „Es gibt ein paar Oldtimer im Rudel, die darüber jammern, dass die Welt den Bach runtergeht, aber das ist nichts, worum ich mich nicht kümmern kann."

Robyn klatschte in die Hände, und Kyle verzog das

Gesicht. „Oh ja, und Robyn hat vor, ein langes Gespräch mit deiner Gefährtin über einen Rat zu führen, den sie ihm gegeben und den er ignoriert hat."

Oh Scheiße! Okay, das war beängstigender, als von Kyle zurechtgewiesen zu werden. TJ winkte Robyn zögernd zu, und sie zeigte ihm den Mittelfinger.

Pam grinste TJ an. „Weißt du, wie ich gesagt habe, dass ich mir nicht sicher bin, ob ich mit deinem Rudel klarkommen werde? Ich weiß jetzt, dass das kein Problem sein wird. Es ist, als würde ich mit den Jungs im Hauptquartier rumhängen."

Tad trat vor und deutete auf das Sofa. „Wenn ihr euch entspannen wollt, ich denke, das offizielle Marschblasen ist vorbei. Ich habe noch eine letzte Frage, die mich interessiert, und vielleicht kann die jemand mit mehr Erfahrung beantworten. Was ist mit TJs Stärke los? Ich könnte schwören, dass er stärker ist als vorher."

„Shaun hat dasselbe gesagt. Was meinst du? Ich fühle mich nicht anders." TJ setzte sich neben Pam. Sie zog ihre Schuhe aus und rollte sich fast auf seinem Schoß zusammen. Sie schob eine Hand unter seinen Arm und kitzelte seine Rippen. „Das Einzige, was ich weiß, ist, dass ich nicht mehr annähernd so ungeschickt zu sein scheine. Na ja, relativ gesehen."

Tads Freundin Missy ging auf und ab und setzte sich ihnen gegenüber auf das zweite Sofa, eines ihrer zwei Monate alten Babys war an ihre Schulter gekuschelt. „Dein Wolf war noch nie ungeschickt."

Pam beugte sich vor. „Ich denke, sein Wolf ist erwachsener. Gereift. Wenn TJ zweiundzwanzig ist, bedeutet das, dass sein Wolf ..." Sie drehte sich zu ihm um und fragte: „Was sind Wolfsjahre, sieben wie Hunde?"

Er stöhnte. „Du hast versprochen, dass du das nicht mehr tun würdest."

Pam grinste ihn an. „Wenn man mit den großen Hunden spielen will, benutzt man jedes Werkzeug, das einem zur Verfügung steht."

Er öffnete den Mund, um zu protestieren, und plötzlich klingelte das Handy, das Kyle ihm zurückgegeben hatte. Irgendein Witzbold hatte den Klingelton auf „Who Let the Dogs Out" umgestellt, und Pam prustete vor Lachen.

Er stand auf, um zu antworten, und ließ Pam und Missy zurück, die miteinander kicherten.

„Hallo?"

„Du Idiot! Du konntest nicht warten, bis wir aus den Flitterwochen zurück sind? Meine Güte!"

„Hi, Maggie." TJ holte tief Luft. Soviel dazu, dass er stärker war. Bei all den Frauen um ihn herum bekam er keine Gelegenheit, auch nur ein Wort zu sagen. Er hörte ihrem Gezeter eine Minute lang zu, bevor ihm die genialste Idee kam. „Hey, Maggie. Ich wette, du willst mit Pam reden. Warte, hier ist sie."

Er hielt seiner Gefährtin das Handy entgegen, und sie nahm es. Ihre Überraschung machte Freude Platz, und sie stand auf, um einen ruhigeren Ort zu finden und mit ihrer besten Freundin zu telefonieren.

TJ sah sich im Raum um. Missy wiegte ein Baby in ihren Armen, während Tad mit dem anderen Zwilling auf und ab ging. Robyn führte ein Gespräch mit jemandem, ihre Hände bewegten sich schnell.

Kara, die zweijährige Tochter von Kyle und Robyn, folgte Pam. Sie zupfte an Pams Hosenbein und streckte ihr dann die Arme entgegen.

Pam beugte sich vor und hob das kleine Mädchen hoch, das sich sofort an sie schmiegte und ihr Gesicht an Pams

Hals kuschelte. Pam wandte sich wieder ihrem Telefonat zu.

Tiefe Zufriedenheit erfüllte TJ, denn wohin er auch blickte, sah er Familie. Gemeinsam leben, gemeinsam lachen. Der kleine Jamie, das älteste Kind von Missy und Tad, wälzte sich mit ein paar anderen Welpen in Wolfsgestalt am Boden.

Es waren nicht die Waltons, aber es war sein Zuhause.

Er blickte in Pams Richtung und stellte fest, dass sie ihn beobachtete, mit einem brennenden Licht in ihren Augen. Sie rückte das Mädchen in ihren Armen zurecht, wackelte mit den Brauen und nickte in Richtung des Kindes.

Oh Scheiße! Oh Scheiße, ja! Nun, vielleicht nicht sofort, aber ...

TJ zwinkerte ihr zu, und sie grinste und warf ihm einen Kuss zu.

Kyle stieß ihn in die Schulter. „Du hast kein einziges Wort von dem gehört, was ich gesagt habe, oder? Was ist das für ein alberner Gesichtsausdruck?"

TJ holte tief Luft. Die vertrauten Düfte von Zuhause stiegen in seine Nase, und über all dem lag Pam. In seinem Kopf und seinem Herzen.

Für immer.

„Das kommt daher, dass ich endlich zur richtigen Zeit am richtigen Ort bin. Sorry, ich werde nochmal vorbeikommen, um mir meinen Einlauf über Sicherheitsvorkehrungen in der Wildnis abzuholen, denn da hast du recht, da habe ich Scheiße gebaut. Und ich werde mich gleich auch bei Robyn entschuldigen. Aber ich muss was mit meiner Gefährtin erledigen."

Er ging durch den Raum und zerrte Pam in die Küche, wobei er die kleine Kara mitnahm, da sie sich weigerte, ihre neue Freundin loszulassen. Er streckte die Hand nach dem Handy aus.

„Maggie? Ich muss Schluss machen. Ich glaube, TJ möchte, dass ich mit ihm Gassi gehe."

TJ rieb sich die Stirn, als sie sich von Maggie verabschiedete. Eine Hundeführerin! Sie musste zahllose Witze parat haben und schien es nicht erwarten zu können, ihn damit zu quälen.

Pam gab ihm sein Handy zurück und klimperte mit den Wimpern. „Also. Ich fand, dass alles wunderbar gelaufen ist."

Er stöhnte. „Ja, ich kann mir vorstellen, dass du mich in dieser Beziehung auf Trab halten wirst. Ich wollte wissen, ob du die Gefährtenliste noch hast."

Pam runzelte die Stirn. „In meiner Tasche. Warum?"

„Ich habe es nie geschafft, sie zu Ende zu bringen."

Sie küsste Kara auf die Stirn und reichte sie dann an TJ weiter. Das kleine Mädchen wand sich, um abgesetzt zu werden, und kehrte lachend zu den anderen in den Hauptraum zurück.

Pam griff in ihre Gesäßtasche und entfaltete das Papier auf der Theke. Die Kanten waren etwas zerschlissener und ausgefranster als vor ein paar Tagen.

Sie nahm sein Gesicht in ihre Hände. „Du hast mir genug bewiesen, um ein Risiko einzugehen, und obwohl wir noch einiges klären müssen, denke ich, dass wir auf dem richtigen Weg sind."

TJ nahm einen Stift. „Das denke ich auch, aber ich möchte, dass du etwas siehst. Es ist wichtig."

Dort, wo sich die fünf Kreise schnitten, war ein leerer Raum. Er hatte darauf geachtet, dass dieser Raum Teil jedes einzelnen Kreises war, und fügte mit großer Sorgfalt zwei Worte ein.

Für immer.

Pam holt scharf Luft und warf ihre Arme um seinen Hals.

Er schwankte, fand jedoch schnell sein Gleichgewicht wieder, als sie ihm in die Arme sprang und ihn wie verrückt küsste. Oh ja, sie würde gut hier reinpassen. Ein Raum voller Wölfe auf der anderen Seite der Wand, und sie versuchte, seine Mandeln zu kitzeln.

Er packte sie bei den Hüften und drehte sich um, um sie in eines der Gästezimmer zu tragen. Niemandem würde es auffallen, wenn sie für eine Stunde verschwinden würden, oder?

„Halt!", befahl sie.

Scheiße! Bitte werd' jetzt nicht menschenscheu. „Das sind alles Wölfe da draußen. Es würde ihnen sicher nicht gefallen, wenn wir in der Küche Sex hätten."

Pam schnaubte. „Ja, nun ja, ich bezweifle, dass ich je so unbefangen sein werde, aber lass mich einfach ..." Sie beugte sich vor und nahm die Gefährtenliste vom Tresen. „Okay, jetzt können wir."

TJ lachte, als er den Flur entlangging. „Du willst diese Liste behalten?"

„Oh ja. Genau wie du geschrieben hast. Ich habe vor, sie und dich für immer zu behalten."

11

BONUSSZENE

Während sie an der Gefährtenliste gearbeitet haben, hat TJ Pam spontan eine Gesangsstunde gegeben, und ich wollte die Szene schon immer veröffentlichen, aber in der ursprünglichen Kurzgeschichte war kein Platz dafür. Was an diesem Abend passiert ist, erfahren Sie in dieser speziellen „Northern Lights Edition".

TJ rührte ein letztes Mal zwei Tassen heiße Schokolade und Bailey's um, während er angestrengt Pläne schmiedete.

Obwohl er der Meinung war, dass seine Mission, einer Frau, die überhaupt nichts von Wölfen wusste, alles über Gefährten zu erklären, ganz gut lief, konnte er sich unmöglich absolut sicher sein. An Pams Reaktionen konnte er es nicht erkennen, da sie Teile von sich selbst ziemlich zurückhielt, aber es gab Hinweise darauf, dass es nicht allzu schlecht lief. Er hatte noch drei Tage Zeit, also war es nicht nötig, eine Menge Zeit mit tiefen Analysen zu verbringen.

Stattdessen stellte er eine Tasse neben sie, bevor er sich auf den Boden setzte, so nah, dass ihre Schenkel einander berührten. Sie hatte einen weiteren Scheit in den Kamin gelegt, und das Feuer knisterte schön, eine wunderschöne, friedliche, romantische Kulisse für ihren gemeinsamen Abend.

Pam legte ihre Finger um die Tasse und warf ihm ein Lächeln zu, und sein Herz schlug wieder lauter. „Danke schön. Das ist so süß."

Unwiderstehlich. „Das bist du auch." Er wackelte mit den Brauen, beugte sich vor und presste für einen kurzen Moment seine Lippen auf ihre. Am liebsten würde er die heiße Schokolade vergessen und sie einfach immer und immer wieder küssen.

Es wäre zu einfach, weiterzumachen. Ihr die Tasse aus der Hand zu nehmen, sie auf den Sofatisch zu stellen und sie dann auf den Rücken zu ziehen. Sie zu küssen, während er sich zwischen ihren Beinen niederließ und ...

Verdammt, er hatte nicht nur darüber nachgedacht, er hatte es getan. Wie Magneten kamen sie einander näher und rollten gegeneinander, während er seine Erektion an ihren Oberschenkel drückte.

Sie gab ein leises Stöhnen von sich, und Feuer floss durch seine Adern.

Aber hier ging es nicht nur um Sex. Es ging um so viel mehr, also zog er sich widerwillig zurück und zwang beide in die Vertikale.

Obwohl es wahnsinnig schön war, die gleiche Hitze in ihren Augen zu sehen, als er sie ansah. „Wir werden da später anknüpfen", versprach er. „Für den Moment müssen wir einige Lektionen durcharbeiten, junge Dame."

Pam nickte langsam und zeigte die eiserne

Konzentration, von der er sicher war, dass sie ihr bei ihrer Arbeit sehr hilfreich war.

Sie trank einen Schluck heiße Schokolade, und ihre Augen weiteten sich. „Wow! Die hat es in sich!"

„Nicht genug, um dich zu betrinken", sagte er.

„Was, wenn ich mich betrinken will?"

Er schüttelte den Kopf. „Du musst diese Woche immer bei vollem Verstand sein." Er sagte es neckend, aber bestimmt, als wäre es die absolute Wahrheit.

Sie nickte und trank noch einen Schluck, bevor sie die Tasse vorsichtig abstellte. „Einverstanden, das ist der Grund, warum ich jetzt in die Gesangsstunde einsteige und dabei kaum die Ironie erwähne, dass du mich gerade ‚junge Dame' genannt hast." Sie legte eine Hand an seine Wange. „Ich bin ein ganzes Stück älter als du."

Er ergriff ihre Hand, bevor sie sie wegziehen konnte. Bei dieser kurzen Berührung schoss mehr Adrenalin durch ihn als von jeder Menge Espresso. „Wir Wölfe werden viel schneller erwachsen als Menschen", erklärte er.

„Oh, wie Hundejahre?"

Sein Gesicht blieb ernst. „So ähnlich."

Sie grinste, sagte aber nichts.

Er lehnte sich zurück. „Hast du jemals *The Sound of Music* gesehen?"

Sie legte den Kopf schief und warf ihm einen „*Hast du sie noch alle*"-Blick zu.

Genug gesagt. „Lass uns mit dem ‚Do-Re-Mi'-Song anfangen."

Pam zuckte mit den Schultern. „Es sind deine Trommelfelle, die du damit riskierst."

„Ich bin mir sicher, dass du nicht so schlecht bist."

Doch als sie beim „Re" ankamen, stellte er fest, dass er viel zu optimistisch gewesen war. Selten traf sie eine Note überhaupt, und was auch immer sie traf, konnte sie nicht halten. Während sie weitermachten, bemühte er sich, sich den Schmerz, den sie ihm zufügte, nicht anmerken zu lassen.

Überraschenderweise war klar, dass sie keine Ahnung hatte, *wie* schlecht sie war. Oh, sie hatte ihn gewarnt, dass sie nicht singen konnte, aber sie war begeistert und gewann an Selbstvertrauen und Lautstärke – Gott, erbarme dich –, je länger sie sang.

Aber selbst mit ihrer Begeisterung hätte sie sich nicht aus einer Papiertüte heraussingen können. Wenn sie für ihr Abendessen singen müsste, wäre sie innerhalb einer Woche verhungert. Und das war großzügig gerechnet.

Plötzlich stand TJ vor einem Dilemma. Wäre es jemand anders in der Gruppe gewesen, der ihn um Gesangsunterricht gebeten hatte, wie zum Beispiel sein Kumpel Mark Weaver, hätte TJ zwischenzeitlich den Unterricht abgebrochen, um seinen Verstand zu retten. Ohne Zögern. Denn Mark würde nie Sänger werden, und in mancher Hinsicht wäre es besser, wenn er es gar nicht erst versuchen würde.

Aber Mark war es auch scheißegal. Der Typ war so entspannt, dass er einen Witz darüber machen oder einfach zu etwas anderem übergehen würde oder sich ablenken ließ, was anscheinend oft passierte. Mark war ein anständiger Kerl, aber er hatte viel um die Ohren.

Pam *liebte* es, zu singen. Schon als sie protestiert und den Grundstein gelegt hatte, um die Leute um sie herum zu warnen, war klar, dass sie sich wünschte, sie *könnte* singen.

Und sie sang. Sang einfach– grottenschlecht.

Als seine Gefährtin würde er ihr also verdammt nochmal beibringen, wie man sang. Auch wenn sich „So, Singen klappt wunderbar" anfühlte, als würde ein Speer in sein Ohr gestoßen, durch sein Gehirn hindurch und durch das andere Ohr wieder heraus und dabei seine Trommelfelle mitreißen – er würde es ihr beibringen oder beim Versuch sterben.

Jeder, der ihr in Zukunft ein schlechtes Gewissen wegen ihrer Talente einreden wollte, würde sich mit ihm auseinandersetzen müssen.

Sein Wolf streckte sich und stimmte zu, testete seine Krallen und Zähne, um sich darauf vorzubereiten, sie zu beschützen. *Alles für unsere Gefährtin.*

Die ganze Zeit, die TJ nachgedacht hatte, hatte sie weitergemacht ... okay, er würde es einfach *Singen* nennen, um es einfacher zu machen. Doch jetzt war das Lied vorbei, und er musste sich den nächsten Schritt überlegen, da seine ursprüngliche Idee nicht funktionieren würde.

„Siehst du", sagte Pam mit einem strahlenden Lächeln, „ich habe dich ja gewarnt."

Er ergriff ihre Finger und drückte sie. „Du bist nicht die schlechteste Sängerin, die ich je gehört habe."

Sie schnaubte. „Oh mein Gott, dieser arme Mensch."

Er lachte. „Okay, ich denke, das ist falsch rübergekommen, aber mach dir deswegen keine Gedanken. Denk stattdessen ..."

TJ drückte einen Kuss auf ihre Handfläche. Als Antwort summte sie fröhlich. Ein schönes, sauberes F, wenn er noch hören konnte. Oh ja, das würde funktionieren.

Er küsste ihre Hand noch einmal, dann glitt er weiter nach Norden und ließ seine Zunge über ihre Haut bis zu ihrem Ellbogen gleiten.

Das gesummte F wurde zu einem langen gestöhnten G.

Er hielt inne und spielte an der Innenseite ihres Ellenbogens und lächelte über ihrer Haut, denn das

Geräusch, das sie machte, als er sie dort berührte, war ein tieferes, gesummtes F mit kurzen A-Quietschern und einem hohen „Ohhh" C dazwischen. Die Aufregung wuchs wie ein eifriger Trommelwirbel in ihm.

Er zog sich zurück und sah sie an. Sie atmete schwer, ihre Wangen waren gerötet, ihre Augen waren halb geschlossen. „Ich habe keine Ahnung, was du da tust", sagte sie zu ihm, „aber es gefällt mir."

„Mir auch."

Er schob sie zurück auf den Teppich und brachte sich auf ihr in Position. Sein Gewicht ruhte auf seinen Ellenbogen, sodass sich ihre Körper kaum berührten. Sie stöhnte, diesmal höher, wie eine Frage. Sie war spontan eine Oktave nach oben gerutscht.

Er legte sein Gesicht in ihre Halsbeuge, und sein Wolf wurde für einen Moment wild, bevor sich das Tier beruhigte und TJ half, sich zu konzentrieren. Er leckte und küsste und leckte noch mehr. Knabberte an ihrem Ohrläppchen, bis sie schnurrte (in B-Dur).

Sie fuhr mit ihren Fingern durch seine Haare, während er an ihrem Körper entlang glitt, ihre Brust drückte und seine Zähne über die erigierte Brustwarze unter ihrem T-Shirt strich. Weiter hinunter, immer weiter hinunter, während ihm eine Reihe von Lauten folgte. Er zog ihr die Jogginghose aus und ließ sich zwischen ihre Schenkel fallen.

Da kam das Lied so richtig in Fahrt. Jedes Lecken, jede Liebkosung, jedes Mal, wenn er sie berührte, folgte ein weiterer Seufzer der Freude, und hier erklang eine wunderschöne Melodie. Eine Symphonie, die von den Wänden der kleinen Hütte widerhallte wie der freudige Lärm, den er hören musste, und als sie schließlich ihren Orgasmus sang, machte er sich nicht die Mühe, sein

Lächeln zu verbergen. Er drückte nur seine Lippen auf ihren Bauch, bevor er sich nach Norden bewegte, um sich neben ihr niederzulassen.

Pam fuhr mit ihren Händen immer wieder durch seine Haare, und sein Wolf grinste fast.

„Whoa, das hat eine Menge Spaß gemacht!", stieß sie mit einem glücklichen Seufzer aus.

TJ stützte sich neben ihr auf den Ellbogen. „Du hast großartig gesungen!"

Sie zögerte. „Ich weiß nicht, wovon du sprichst."

„Das Lied, das du gerade gesungen hast. Absolut großartig."

Sie lachte.

„Sing was für mich!", befahl er.

Sie verdrehte die Augen, bevor sie die Hände hinter den Kopf legte und anfing zu singen.

„Möchtest du –?" Er legte eine Hand auf ihre Brust, und die Töne, die sie von sich gab, waren plötzlich nicht mehr schief, sondern aus ihrem Mund kam dieser atemlose, wunderschöne Ton. Sie riss die Augen auf. „Ernsthaft?"

TJ zuckte mit den Schultern. „Es funktioniert. Und du kannst es ruhig zugeben – die Lektion hat ziemlich Spaß gemacht."

„Warte, bis das nächste Mal jemand möchte, dass ich Karaoke singe. Du musst mit mir auf die Bühne, und am Ende gibt es gleichzeitig eine Pornoshow."

Das würde so schnell nicht passieren, weil er nicht vorhatte, irgendjemand anderen ihr O-Gesicht sehen zu lassen. „Bist du bereit für eine fortgeschrittene Lektion?"

Er zog sie auf die Füße, sodass ihre Körper aneinander rieben. Sie packte ihn an der Hand und wirbelte ihn zu einem Tanz durch das Wohnzimmer, der irgendwie damit endete, dass sie auf mysteriöse Weise ins Bett fielen. „Oh, sieh dir das an. Ich habe keine Ahnung, wie wir hier gelandet sind."

TJ lachte. „Perfekt! Die Akustik hier ist sogar noch besser als im anderen Zimmer."

Pam kicherte. „Ich kann immer noch nicht singen", erinnerte sie ihn.

Er schüttelte den Kopf, schmiegte sich liebevoll an sie und sorgte dafür, dass die Wahrheit in seinen Worten glasklar war. „Dein Gesang macht dich glücklich, das macht mich glücklich, und das ist alles, was nötig ist. Verstanden? Immer und überall werde ich mit dir singen."

Ihre Augen funkelten wie Sterne am Himmel. „Danke!"

TJ nickte, und als sie ihre Hände über seinen Rücken strich und versuchte, ihn zu einem Kuss herunterzuziehen, ließ er sie warten. Er zog sein T-Shirt über den Kopf, bevor er dasselbe mit ihrem tat, und ließ sich dann glücklich in ihre Umarmung sinken. „Dann lass uns mit Lektion zwei anfangen ..."

EPILOG

Zwei Jahre später, Juni, Haines, Alaska

Jared Gilliland liebte sein Leben. Denn was gab es daran nicht zu lieben? Er gehörte zu einem tollen Rudel, hatte Freunde, denen er helfen und mit denen er Unfug treiben konnte, und –

„Oh süßer Himmel über den Engeln der Herrlichkeit und Whoa und verdammt und ich höre Glocken, sollte ich Glocken hören?" Ein leiser, atemloser, sinnloser Satz, vorgetragen in einem zarten Sopran von der jungen Frau, die nackt und entspannt neben Jared auf der Matratze lag.

Sie hatten sich gerade ziemlich verausgabt, und ihre Beine zuckten gegen seinen Oberschenkel, als sie einen tiefen Seufzer ausstieß.

Er rollte sich auf die Seite und starrte amüsiert auf sie hinab. „Glücklich?"

Sie öffnete ihre Augen nicht. „Ich weiß nicht. Kann nicht reden. Kann nicht denken. Ich bin tot."

Jared lachte. „Sei nicht tot. Wenn man bedenkt, dass es erst acht Uhr ist, würde das den Spaß ziemlich trüben, da ich nicht auf Nekrophilie stehe."

Ihre Lippen verzogen sich zu einem Lächeln. „Heilige Güte, Jared, das war unglaublich!"

„Danke, ich weiß."

„Ich würde sagen, dass du ein ziemlich großes Ego hast, aber es ist keine Prahlerei." Wieder seufzte sie zufrieden.

„Ich bin gleich wieder da", versprach er und küsste ihre Nasenspitze, bevor er sich aus dem Bett rollte und nackt in die Küche ging.

Er ließ sich Zeit, schlenderte umher und sah sich ihre Wohnung an – damit würde er ihr auch ein paar Minuten Zeit geben, sich zu erholen.

Sie hatte eine schöne Wohnung. Ordentlich. Viele bequeme Möbel und an den Wänden Bücherregale voller Nippes, Bücher und gerahmter Fotos von Familie und Freunden.

Er steckte seinen Kopf in den Kühlschrank, holte ihnen ein paar Getränke heraus und brachte sie in ihr Schlafzimmer.

Die Blondine hatte es geschafft, sich aufzusetzen. Ihr vom Sex zerzaustes Haar und ihr strahlendes Lächeln ließen sie mächtig lecker aussehen. Sie streckte eifrig ihre Hand nach dem Glas aus, das er trug. „Oh, danke!"

Sie tranken die Gläser aus und unterhielten sich ein wenig. Die Atmosphäre zwischen ihnen war entspannt, mit viel Lachen und Necken.

Sie lehnte sich gegen ein Kissen zurück und wurde plötzlich ernster. „Ich hasse es, das Thema zu wechseln, aber du weißt schon, dass ich im Moment nicht auf der Suche nach einer festen Beziehung bin."

Jared nickte. „Das hast du gesagt. Ich auch – ich will nur Spaß."

„Spaß und jede Menge Orgasmen." Sie zwinkerte kess.

„Oh, jede Menge davon." Jared legte einen Finger unter ihr Kinn. „Kein Problem, Baby. Das hattest du vorhin gesagt, als wir uns begegnet sind. Ich werde dich auf nichts festnageln."

Sie nickte. „Da bin ich froh. Es ist schön, nicht jedes Mal die „Familie treffen"-Sache machen zu müssen, all diese Erwartungen zu haben und sich zu fragen, wohin es führen könnte. Ich will einfach nur eine Weile deine Gesellschaft genießen."

Jared war doppelt froh. Ein Treffen mit seiner Familie war nicht drin – es wäre aus vielen Gründen ein absoluter logistischer Albtraum. Und die Tatsache, dass er ein Wolfswandler war und sie nicht, war nur ein weiteres Argument dafür, dass das keine langfristige Beziehung werden würde.

Nicht, dass er der Idee, eine langfristige Lösung zu finden, vollkommen abgeneigt wäre. Verdammt, sogar sein Kumpel TJ hatte seine Gefährtin gefunden, was vor einem Monat auf der Skala der wahrscheinlichsten Ereignisse noch bei unter zwei von zehn gelegen haben musste.

Dennoch war es passiert, und Jared freute sich für seinen Freund. Aber ein Blitz schlug selten zweimal ein: Die Wahrscheinlichkeit, dass Jared jemals seine Gefährtin fand, lag wahrscheinlich bei eins zu einer Million.

Er verdrängte den Anflug von Beklommenheit, strich mit einem Finger über ihren Arm und beobachtete, wie sie sich wand. „Bist du soweit, meine Gesellschaft noch ein bisschen mehr zu genießen? Weil ich schon wieder verdammt scharf auf dich bin."

Sie stellte ihr Glas beiseite und zog ihn zu sich

hinunter, und die Abendunterhaltung ging in die nächste Runde. Wenn er keine Gefährtin haben konnte, könnte er zumindest Spaß haben. Jared verdrängte das, was er nicht kontrollieren konnte, und konzentrierte sich auf die Dinge, die er beeinflussen konnte.

Das Leben war gut. So gut, wie es nur sein konnte. Und das war für ihn in Ordnung.

Drinnen jedoch zog sein Wolf den Schwanz ein und schmollte. *Dummer Mensch!*

Seine menschliche Seite konnte sich vormachen, soviel er wollte, sein Wolf wusste es besser. Spaß war Spaß, dachte er, aber eine Gefährtin war viel mehr als nur Spaß.

Etwas fehlte, und das Tier würde nicht aufgeben, bis er sie gefunden hatte.

Unsere Gefährtin. Sie ist da draußen ...

Diese Serie unbeschwerter paranormaler Geschichten spielt in der Wildnis des Yukon und Alaskas. Die Geschichten folgen den Mitgliedern des Granite-Lake-Wolfsrudels und wie sie als Gestaltwandler mit Leben und Liebe umgehen.

Die Granite Lake Wölfe

Wolfszeichen

Wolfsflucht

Wolfsspiele

Wolfsspuren

Wolfskreuzfahrt

Wolfsbiss

Vivian lässt derzeit ihre vielen Serien übersetzen. Bitte besuchen Sie deren Website für alle aktuellen Informationen.

www.vivianarend.com/de

ÜBER DEN AUTOR

Mit über 3 Millionen verkauften Büchern ist Vivian Arend eine *New York Times-* und *USA Today*-Bestsellerautorin von mehr als 70 zeitgenössischen und paranormalen Liebesromanen.

Ihre Bücher lassen sich alle einzeln lesen und haben keine Cliffhanger. Sie sind witzig, aber auch emotional, es gibt heiße Szenen und glückliche Enden. Für Vivian ist das der beste Job der Welt. Sie lebt in British Columbia, Kanada, zusammen mit ihrem langjährigen Mann – der Inspiration für alle Helden und einem bereitwilligem Gefährten auf Abenteuern aller Art.

https://vivianarend.com/de